U0535284

百年中国
名人演讲

要人敬者 必先自敬

陶行知 著

中国文史出版社

图书在版编目(CIP)数据

陶行知：要人敬者 必先自敬 / 陶行知著. -- 北京：中国文史出版社，2025.5
（百年中国名人演讲）
ISBN 978-7-5205-4317-0

Ⅰ.①陶… Ⅱ.①陶… Ⅲ.①演讲-中国-现代-选集 Ⅳ.①I266

中国国家版本馆 CIP 数据核字（2023）第 180693 号

责任编辑：薛媛媛

出版发行：	中国文史出版社
社　　址：	北京市海淀区西八里庄路69号院　邮编：100142
电　　话：	010-81136606　81136602　81136603（发行部）
传　　真：	010-81136655
印　　装：	廊坊市海涛印刷有限公司
经　　销：	全国新华书店
开　　本：	880×1230　1/32
印　　张：	8.25　　　字数：159千字
版　　次：	2025年5月第1版
印　　次：	2025年5月第1次印刷
定　　价：	59.80元

文史版图书，版权所有，侵权必究。

文史版图书，印装错误可与发行部联系退换。

写在前面

过去的一百年风起云涌,波澜壮阔;过去的一百年百花齐放,气象万千。百年动荡,百年征程,百年奋斗。在这一百多年里,来自四面八方的声音响彻历史的天空,我们静心梳理,摒除派别与门户之见,甄选有助于后人多方位展望来路的篇章,于是便有了这套"百年中国名人演讲"。

聆听这历史的声音,重温这声音的历史,对于我们认识中华民族一百年来的发展脉络,景仰浩瀚天河中耀眼的先哲星辰,增强继往开来的民族文化自信,都将大有裨益。

演讲者简介

陶行知（1891—1946），本名陶文濬，安徽歙县人。中国人民教育家、思想家，伟大的民主主义战士，爱国者。中国人民救国会和中国民主同盟的主要领导人之一。1891年10月18日出生。1915年进入美国哥伦比亚大学，师从杜威攻读教育学。1917年秋回国，先后任南京高等师范学校、东南大学教授、教务主任等职。1917年底，与蔡元培等发起成立中华教育改进社，主张反对帝国主义文化侵略，推动教育改进。1923年，与晏阳初等人发起成立中华平民教育促进会总会，后赴各地开办平民识字读书处和平民学校。1927年，在南京创办晓庄师范。1931年春，在上海先后创办"山海工学团""报童工学团""晨更工学团""流浪儿工学团"等。1939年，在陪都重庆创办育才学校，培养有特殊才能的儿童。1946年7月25日，因脑溢血在上海去世，葬于南京晓庄。著作有《中国教育改造》《中国大众教育问题》《行知书信》等。

目 录

新教育　*1*

活的教育　*12*

新学制与师范教育　*26*

教育者的机会与责任　*35*

教育与科学方法　*43*

长江流域平民教育运动之性质组织及方法　*49*

平民教育运动与国运　*62*

关于《请求力谋收回教育权案》的修改意见　*69*

中华教育改进社第四届年会感言　*72*

中国教育政策之商榷　*75*

学生的精神　*78*

- 81 学做一个人
- 84 我们的信条
- 87 再论中国乡村教育之根本改造
- 93 晓庄试验乡村师范学校创校概况
- 95 平等与自由
- 99 中国乡村教育运动之一斑
- 113 教学做合一
- 116 在劳力上劳心
- 119 以教人者教己
- 121 本校产生时的催生娘娘
- 123 小孩子最紧要的是进学校

今后中华民族的使命 *124*

定于一 *127*

今日之幼稚园 *131*

生活即教育 *134*

儿童科学教育 *143*

国难与教育 *153*

目前中国教育的两条路线 *155*

手脑相长 *159*

创造的教育 *167*

传统教育与生活教育有什么区别 *178*

小先生与民众教育 *180*

186　普及教育

194　怎样做小先生

198　新中国与新教育

211　国际形势与中国抗战

217　全面抗战与全面教育

233　华南归来

236　育才学校创办旨趣

241　每天四问

249　育才十字诀

新 教 育

1919 年 7 月 22 日

今天得有机会，诸同志共聚一堂，研究教育，心中愉快得很。现在把关于新教育上各项要点，略些谈谈。

一、新教育的需要。我们现在处于二十世纪新世界之中，应该造成一个新国家，这新国家就是富而强的共和国。怎样能够造成这新国家呢？固然要有好的领袖去引导平民，使他们富，使他们强，使他们和衷共济；但是虽有好的领袖，而一般平民不晓得哪个领袖是好的，哪个领袖是不好的，也是枉然。所以现在所需要的，是一种新的国民教育，拿来引导他们，造就他们，使他们晓得怎样才能做成一个共和的国民，适合于现在的世界。举例来说：有一个后母给她的儿子洗澡，所用的水，时而太冷咧，时而太热咧，这就是不能合着他儿子的需要。我们所研究的新教育，不应该犯这个毛病，一定要合于现在所需要的。

二、新教育的释义。先说"新"字是什么意思？某处人家因为要请客，一切设备家伙，都去向别家借用，用过之后，就去还了。这是客来则新，客去便旧了，不得为根本的新。我们中国的教育，倘若忽而学日本，忽而学德国，忽而学法国、美国，那终究是无所适从。所以"新"字的第一个意义要"自新"。今日新的事，到了明日未必新；明日新的事，到了后日又未必新。即如洗澡，一定要天天洗，才能天天干净，这就是日日新的道理。所以新字的第二个意义要"常新"。又我们所讲的新，不单是属于形式的方面，还要有精神上的新。这样才算是内外一致，不偏不倚。所以新字的第三个意义要"全新"。

次说"教育"是什么东西？照杜威先生说，教育是继续经验的改造（Continuous reconstruction of experience）。我们个人受了周围的影响，常常有变化，或是变好，或是变坏。教育的作用，是使人天天改造，天天进步，天天往好的路上走；就是要用新的学理，新的方法，来改造学生的经验。

三、新教育的目的。这目的可分两项来说明：第一对于天然界，要使学生有利用他的能力。例如，我们要使光线入室不须空气的时候，就要用玻璃窗。照这样把所有一切光、电、水、空气等，都要被我们操纵指挥。现在中国和外国物质文明的高下，都从这利用天然界能力的强弱上分别出来的。然而其中也有危险的地方，如造出许多杀人的物扰乱世界，是万万不可的。所以第二项目的，是对于群界要讲求共和主义，使人人都能自由守着自己的本分去做各种事业。一方面利用天然界，一方面谋共同幸福。可说一句，新教育的目的，要养成这种能力，再概括说起来，就是要养成"自主""自立"和"自动"的共和国民。自主的就是要做天然界之主，又要做群界之主。即如选举卖票一事，卖和不卖，到底由自己的主张。果能自主的人，富贵不淫，贫贱不移，威武不屈，人家有什么法子对付他呢？至于自立的人，在天然界群界之中，能够自衣自食，不求靠别人。但是单讲自立，不讲自动，还是没有进步，还是不配做共和国民的资格。要晓得专制国讲服从，共和国也讲服从，不过一是被动的，一是自动的，这就是他们的分别了。

四、新教育的方法。此番我从南京到上海，再从上海到嘉兴，一直到杭州来，有种种的方法，或是走，或是坐船，或是坐火车，或是坐飞艇。在这几种方法之中，哪几种是较好，哪一种是最好，而且哪一种是最快，这便是方法的考究。要考究这个方法，下列的几条，应该注意的：

（甲）符合目的 杀鸡用鸡刀，杀牛用牛刀，这就是适合的道理；教育也要对着目的设法。现在学校里有兵操一门，是为了养成国民有保护国家的能力而设的。但是照这样"立正""开步"的练习，经过几年之后，能否达到应战之目的，却须要研究的。

（乙）依据经验 怎样做的事，应当怎样教。譬如游水的事，应当到池沼里去学习，不应当在课堂上教授。倘若只管课堂的教授，不去实习，即使学了好几年，恐怕一到池里，仍不免要沉下去的。各种知识有可以从书上求的，不妨从书上去得来；有不可以从书上求的，那应该从别处去得他了。

（丙）**共同生活**　在学校中不能共同做事，一到社会也是不能的。所以要国民有共和的精神，先要学生有共和的精神；要学生有共和的精神，先要使他有共同的生活，有互助的力量。

（丁）**积极设施**　教人勿赌博，勿饮酒，这都是消极的禁止。至于积极的办法，要使他们时常去做好的事情，没有机会去做那坏的事情。在学校之中，常常有正当的游戏运动，兴味很好，自然没有工夫去做别的坏事了。

（戊）**注重启发**　在学校里并非一面教人，一面受教，就算了事。要使学生的精神意志和能力，渐渐地发育成长。孔子说"不愤不启，不悱不发"，我更要进一步说，使他不得不愤，使他不得不悱。杜威先生也说，教学生的法子，先要使他发生疑问；查出他疑难的地方，使他想种种方法，去解决这个问题；从这些方法之中，选出顶有成效的法子，去试试看对不对。如其不对，就换法子；如其对了，再去研究一下。照这方法来解释同类的问题和一切的问题。所以现在的时候，那海尔巴脱的五段教授法等，觉着不大适用了。

（己）**鼓励自治**　这便是教学生对于学问方面或道德方面，都要使他能够自治自修。

（庚）**全部发育**　身体和精神，要全体顾到，不可偏于一面。譬如在体育上，耳目口鼻手足，统要使他健全；在智育上，既要使他自知，又要使他能够利用天然界的事物；在德育上，公德和私德，都不可欠缺的。

（辛）唤起兴味　学生有了兴味，就肯用全副精神去做事体，所以"学"和"乐"是不可分离的。学校里面先生都有笑容，学生也有笑容。有些学校，先生板了脸孔，学生都畏惧他，那是难免有逃学的事了。所以设法引起学生的兴味，是很要紧的。

（壬）责成效率　凡做一事，要用最简便、最省力、最省钱、最省时的法子，去收最大的效果。做这件事，用这个方法，在一小时所收的效果是这样，用别个方法只需十分钟或五分钟，就有这样的效果，那后法就比前法为胜了。照此把时间、精力、金钱和效果的比较选择，可以得出一个最好的法子。

以上所讲，都是新教育上普通的说明。至于新教育对于学校课程等的设施和教员学生应当怎样的情形，休息几分钟再讲。

新学校　学校是小的社会，社会是大的学校。所以要使学校成为一个小共和国，须把社会上一切的事，拣选他主要的，一件一件地举行起来。不要使学生在校内是一个人，在校外又是一个人。要使他造成共和国民的根基，须在此练习。对于身体方面、道德方面、政治方面，凡国民所不可不晓得的，都要使他晓得，那学校便成为具体而微的社会了。我国学校的弊病，不但在与社会相隔绝，而且学校里面，全以教员做主，并不使学生参与。要晓得一社会里的事务，该使大家知道的，就该大家参与；该使少数领袖管理的，就该少数领袖参与。这样不靠一人，也不靠少数人，使每个学生、每个教员，晓得这个学校是我的学校，肯与学校同甘苦，那才是共和国社会里的真学校。

新学生 "学"字的意义，是要自己去学，不是坐而受教。先生说什么，学生也说什么，那便如学戏，又如同留声机器一般了。"生"字的意义，是生活或是生存。学生所学的是人生之道。人生之道，有高尚的，有卑下的；有片面的，有全部的；有永久的，有一时的；有精神的，有形式的。我们所求的学，要他天天加增的，是高尚的生活，完全的生活，精神上的生活，永久继续的生活。进一步说，不可学是学，生是生，要学就是生，生就是学。求学的事，是为预备后来的生存呢，还是现在的生存，就是全体生活的一部分呢？既然晓得教育是继续经验的改造，那么对于天然界和群界，自然受他的影响；天天变动，就是天天受教育，差不多从出世到老，与人生为始终的样子。你哪一天生存不是学？你哪一天学不是生存呢？孔子到了七十岁，方才从心所欲不逾矩，他是一步一步上进的。凡改变我们的，都是先生；就是我们自己都是学生。以前只有在学校里的是学生，一到家里就不是学生；现在都做社会的学生，是从根本上讲，来得着实，不至空虚。虽出校门，仍为学生，就是不出于教育的范围。所以每天的一举一动，都要引他到最高尚、最完备、最能永久、最有精神的地位，那方才是好学生。

新教员 新教员不重在教，重在引导学生怎么样去学。对于教育，第一要有信仰心。认定教育是大有可为的事，而且不是一时的，是永久有益于世的。不但大学校高等学校如此，即使小学校也是大有可为的。夫勒培尔研究小学教育，得称为大教育家。做小学教师的，人人有夫氏的地位，也有他的能力；只须承认，去干就能成功。又如伯斯塔罗齐、蒙铁梭利都从研究小学教育得名，即如杜威先生，也是研究小学教育的。这都是实在的事，并非虚为赞扬。我从前看见一个土地庙面前对联上，有一句叫"庙小乾坤大"，很可以来比。况我们学校虽小，里头却是包罗万有。做小学教员的，万勿失此机会，正当做一番事业。而且这里头还有一种快乐——照我们自己想想，小学校里学生小，房子小，薪水少，功课多，辛苦得很，哪有快乐？其实看小学生天天生长大来，从没有知识，变为有知识，如同一颗种子由萌芽而生枝叶，而看他开花，看他成熟，这里有极大的快乐。照以上两层——做大事业得大快乐——是为一己的，而况乎要造新国家、新国民、新社会，更非此不行嘛！那不信仰这事的，可以不必在这儿做小学教员。一国之中，并非个个人要做这事的，有的做兵，有的做工，有的做官吏，……各人依了他的信仰，去做他的事。一定要看教育是大事业，有大快乐，那无论做小学教员，做中学教员，或做大学教员，都是一样的。第二，要有责任心。不但是自己家中的小孩和课堂中的小孩，我应当负责任；无论这里那里的小孩，要是国中有一个人不受教育，他就不能算为共和国民。在美国一百个人之中，有九十几个受教育。中国一百个人之中，只有一个人受教育。而且二十四个学生中，只有一个女学生。我们要从这少数的人，成为多数的人，要用多少年的工夫？非得终身从事不行。况且我们除了二十岁以前，六十岁以后，正当有为之时，没有多少，即使我们自己一生不成，应当代代做去。切不可当教育事业是住旅馆的样子，住了一夜或几夜之后，不管怎么样，就听他去了。那教育事业，还有发达的希望吗？第三，做新教员的要有共和精神。就是不可摆出做官的态度，事事要和学生同甘苦，要和学生表同情，参与到学生里面去，指导他们。第四，要有开辟精神。时候到了现在，不可专在有教育的地方办教育。要有膨胀的力量，跑到外边去，到乡下地方，或是到蒙古、新疆这些边界的地方，要使中国无地无学生。一定要有单骑匹马勇往无前的气概，有如外国人传教的精神，无论什么都不怕，只怕道理不传出去。要晓得现在中国，门户边界的危险，使那个地方的人，晓得共和国的样子，用文化去灌输他，使他耳目熟习，改换他从来的方向，是很要紧的。第五，要有试验的精神。有些人肯求进步，有些人只晓得自划的，除了几本教科书外，没有别的书籍。——诸君已经毕业之后，还在这儿讨论教育，那是最好的。——他人叫我怎样办，我便怎样办，专听上头的命令。要晓得上头的命令，只不过举其大端，其中详细的情形，必定要我们去试验。用了种种方法，有了结果，再去批评他的好坏，照此屡试屡验，分析综合，方才可下断语。倘使专靠外国，或专靠心中所有，那么，或是以不了了之，或是但凭空想，或是依照古老的法子，或是照外国的法子，统是危险的。从前人说"温故而知新"，但是新的法子从外国传到中国，又传到杭州，我们以为新的时候，他们已经旧了。所以，望大家注意，不可不由自己试验，得出真理，方不至于落人之后哩！

新课程 这要从社会和个性两方面讲。从社会这面讲来，要问这课程是否合乎世界潮流，是否合乎共和精神。学了这课程之后，能否在中国的浙江，或是浙江的杭州，做一个有力的国民。更从个性的一面讲来，谁的事教谁，小孩子的事教小孩子，农人的事去教农人，方才能够适合。我且拿学代数来做个例，看这课程，是否为学生所需要。我有一次对学生发问道："有几多人应用过代数？"那一百人中，只有七八个人举手。又问："不曾用过代数的人举手！"就有九十几个。后再查考那七八个人所用的东西，只需一星期，至多不过一月，就可教了。照这样看来，我们应该有变通的办法。是否为了七八个人去牺牲那九十几个人。那七八个人，或为天文家，或习工业，或学医生，所用代数，不过百分之一罢了。我们不可以为了一个人，去牺牲九十九个人；也不可以为了九十九个人，去牺牲那一个人。总要从社会全体着想，有否其他有用的东西，未列在课程里？或是有用不着的东西，还列在课程里呢？照这样去取舍才行。

新教材 就教科书一端而论，编书的人，有的做过教员，有的竟没有做过教员。就拿他自己的眼光来做标准，不知道各地方的情形怎么样。用了这种书去教授，哪里能适合呢？所以教科书止可作为参考，否则硬依了他，还是没有的好。又有一种讲义，当看作账簿一般。社会上各种文化风俗，都写在这账簿上。这账簿有没有用处，或是正确不正确，须要仔细考查。譬如富翁，虽然将他所有的财产，写在账簿上，拿来传给他的儿子，若是不去实地指点他，那几处房子或是田地，是我所有，和这账簿对照一下，他的儿子仍然不晓得底细。也许有几处田地房产，已经卖出；也许有几处买进的，还没有登记上去，总要使他儿子完全明了，那账簿方才有效。要拿教科书上的情形引导把学生看，或是已经变迁的情形，指点他明白。几年前的朝鲜和现在不同，俄国已经分作十几国，更不可以拿从前的来讲。总要明白实际的事情，因为账簿是死的，人是活的，要拿账簿来为我所用，不要将活泼泼的人，为死书所用。要晓得账簿之外，还有许多文化在那里，要靠教科书是有害的。

新教育的考成　我到店里去要一件东西，他拿了别的东西给我，我就不答应了，怎么我要这件，你偏与我那件呢？教育的事，也是这样。要按照目的去考成，方才不会枉费了精神和财力。譬如从农业、工业或商业学校里毕业出来的学生，有几多人在那里做他应当做的事。若是不问他的结果，一味地办去，正如做母亲的人把她的女儿出嫁，不将她长女出外的情形，来加以参考，以致第二、第三个女儿吃着同样的苦头，这是因为不考成的缘故。

再有几层，我在别处已经讲过。暂且不说。总之，大家觉得要教育普及，先要认定目的。做若干事，须得若干的代价，绝不是天然能成功的。即就小孩子而论，美国一人需费四元四角五分，中国每人只有六分。试问没有代价的事，能办得好办不好？但这事人人负有责任。我们做教员的，不但教学生，又要想法子使得社会上的人对于教育认为必要。譬如有钱的人，可以教自己的孩子，同时他邻舍的小孩子，因为没得钱受教育，和这小孩子一块儿玩，就把他带坏了。所以单教自己的儿子，还是不中用的。把这种的情形使他们觉悟，人非木石，断没有一定不信的。虽然有些困难的地方，我们总可以用自己的力量去战胜他的。

活的教育

1922 年 1 月 19 日

教育可分为三部：

A. 死的教育；

B. 不死不活的教育；

C. 活的教育。

死的教育，我们就索性把它埋下去，没有指望了！不死不活的教育，我们希望它渐渐地趋于活。活的教育，我们希望它更活！

我今天且讲这活的教育。什么叫作活的教育？活的教育是什么？这个问题本来是很大的，我不容易下定义，我也不能定概观。不过我总觉得活的一字，比一切什么字都要好。活的教育，更是教育中最不可少的现象。比譬：鱼在岸上，你若把它陡然放下水去，它的尾和鳍，都能得其所在，行动不已。鸟关在笼里，你若把它放到树林里去，它一定会尽其所能，前进不已。活的教育，正像鱼到水里鸟到树林里一样。再比譬：花草到了春天受了春光、太阳光的同化和雨露的滋养，于是生长日速。活的教育，好像在春光之下，受了滋养料似的，也就能一天进步似一天。换言之，就是一天新似一天。

我现在把这活的教育，再分作三段讲：

我们教育儿童，第一步就要承认儿童是活的，要按照儿童的心理进行。比方：儿童性爱合群，有时他一个人住在那地方，觉得有点寂寞的样子，在那儿发闷！我们就要找个别的小孩子同他在一块儿玩玩。普通儿童之特性，大多都富于好奇心。当他还不知道说话和走路的时候，他时常手舞足蹈的，跃跃欲有所试的样儿，忙个不歇。这可就是他的好奇心了。假若我们要弄些什么东西给他玩，他一定玩那好看的，不玩坏的。他起初间或也还可以拉杂的玩一路，后来知道好，他就只专玩好的了。在这里拿一点，在那里拿一点，只要与他合意，他一定非要不可。有时我们要是给他一个表，他必定将它翻来覆去地仔细观看，他并且还要探知里面的秘密，就打破砂锅问到底。我们同小孩子玩的时候，假以木筷搭个架子，小孩子看着，必定以为很好玩。后来我们忽然把它推倒，那小孩子就更以为好玩了，欢喜了。假若我们再进一步，以这架子，不由我们推倒，让小孩子自己去推，那么，这时小孩子的欢喜，我敢断定更比从前要欢喜得多了。诸如此例，我不能细举。还有一件最紧要的，就是：我们如果承认教育是活的，我们教育儿童，就要根据儿童的需要的力量为转移。有的儿童天资很高，他的需要力就大些；有的儿童天资很钝，他的需要力就小些。我们教育儿童，就要按他们的需要的力量若何，不能拉得一样。比方：吃饭，有的人饭量大些，他要吃五碗或六碗；有的饭量小些，他只能吃一两碗。我们对于他，就只能听其所需，不能定下死规。要是我们规定了，比如吃两碗的定要逼他吃五碗才及格，那么，这一定就要使人生病了！学校里教育儿童，也像这样，不能下死规强迫一律，不但学校是要如此，就是社会上的工作亦莫不要像这样。我们人的需要力，有大有小，我们只求其能够满足他的需要就是了。所以教育儿童和承认儿童是活的，首先就要能揣摩儿童的心理。

儿童不但有需要，并且还有能力。他对于种种事体的需力有大小，他的能力亦有各种不同。男女遗传下来的生理不能一样，他们的能力亦不能一样。我并不是说女子比男子差些，我是说男女各有各的优点。就是男子与男子两相比较，亦有许多相异的能力，有因年龄不同的，有因环境不同的，有因天性不同的。由这许多的不同，所以其结果的能力，就大有差别。我们教育儿童，就要顺导其能力去做去。比如：赛跑，这就是一件凭能力的事。我们认定几个人同时同地立在一块，听指挥者发号令，就一齐出发，让他们各凭充分的能力自由前进，不加限制，然后谁远谁近，自可显见。而他们的能力的大小，也就由此可以证明了。设使我们要是下个定规，规定三人赛跑，跑一百二十码或二百四十码，快慢都要一样，不许谁先谁后，那么，哪个能力充足能跑二百四十码，他自然是很舒畅，不甚为难；而那只能跑得六十码或一百二十码的，他一定是很苦的了,甚至还要受伤呢!这是从运动方面着想的。至于教授方面,亦多类此。设有许多儿童,同在一堂,当教授的人,就要按照各个儿童的能力去教授。要是规定了今天讲一课,明天讲一课,每课虽是都一字一句地分析解释,在那天资聪颖的小孩子咧,他固然能够领受到他的脑袋里去,并且还有闲空;若在那秉性鲁笨的小孩子,那就等于对牛弹琴了,一些儿也不懂得。这种教育,正像规定三人赛跑一般,还能算得是活的教育吗?我们现在既是想讲活的教育,就要知道儿童的能力是不相同的,我们要设法去辅助他,使他能力发展。有如我们看见某处一个学校园,那里内的花卉长得非常整齐好看,我们心下羡慕他,我们也就可以仿照他,将我们自家的学校园也培植得像那一样。这是培植花园的方法,办教育也是如此。我们大家设若不相信,恐怕做不到,我们可再看。譬如有一块草地,那地上所生长的草,都是参差不齐的,我们若任它自然去生长,那就越长越不齐了,假若我们要用机器把它逐次地推铲,那么,这一定要不了多少工夫,就会使他平坦了。我们办教育,也就像推草一样,也要用方法去使之平,这是对于草是这样——对于普通的儿童是这样,若对于树木,——对于天资特敏的小孩子——那就不行了。树木的生长力强些,他的性子也猛些,我们对于他,也要按其能力去支配他,使其生长适度。若任其自然生殖,则其枝干必日渐伸张,后来越长越高,甚至把屋棚都要捣破了!学校里起风潮,就像大树捣毁屋棚,是一样的,都是由于办教育的人,平日对于这教育的趋向没有注意,对于那天资高尚的儿童,没有按得其能力去教育。这就是我们没有承认儿童有活的能力。

　　活的小孩子与死的小孩子有不同的特点。小孩子他所吃下去的滋养料不同,他们所受的利益也就不能一致。活的小孩子,他秉性活泼些,他对于一切的事实上,也就进步得快些。死的小孩子,他的脑筋滞钝些。并不是说小孩子的确是死的,是言其能力不能有多大的发展,虽活也等于死的一般。我们办教育的人,总要把小孩子当作活的,莫要当作死的。地球看起来,好像是个不动的东西,其实他每天每时都在旋转不已。小孩子也同这样。表面上看起来,也好像是很平常的,没有什么进益,其实他的能力知识,没有一天不在进行中求活。我们就要顺着他这种天然的特性,加以极相当的辅助和引导,使他一天进步似一天,万不能从中有所阻碍或滞停,不使前进,把他束缚了起来。束了若干时,然后又陡然把他解放掉,这一定要受危险的。这好像人家有个小孩子,他把他在今年做了一件衣服,等到五年后,他还拿给这小孩子穿,那小孩子体干长大了,衣服小了,以这小的衣服去给大的孩子穿,那衣是一定要破裂的。纵或可以勉强穿得上,而小孩子的身体,也就束缚得急急的了,血脉也就不能调和,就要生病了!由此可知小孩子的衣服,是年年要换的;小孩子的知识学问,也是年年天天要换的。现在设有一个人,忽然妙想天开,他说:"我有个小孩子,我不要他年年换衣,当他还只有五岁的时候,我就把他做件十六岁时候的衣服,周身都把他绐起来,年年穿,年年放,一直放到十六岁的时候,都还可以穿。"这个法子,勉强一看,觉得也还不大坏,并且又很经济的。但是仔细看来,那就觉得不像了,就是精神上也有点不好看。古时的衣服,不能适合于现在;现在的衣服,未必又能适合于将来!时势的变迁,是有进无已的。办教育的,就要按着时势而进行,依合着儿童的本能去支配。有许多教科书,在从前要算是很新很适用的,在现在却变成了腐败不堪了。我们讲活的教育,就要本着这世界潮流的趋向,朝着最新最活的方面做去。中国教育最大的毛病,就是不能普及。从前俄国的西伯利亚也是这样,但比较中国要好些。中国社会上失学的人,也不知有多少,就以普通人民计算,总有三分之一不识字的。我们现在要想将这些人重新给以教育,那除非要从国民一年级教起。但是他们都是壮年的居多,要是都放在国民一年级教,那又好像十六岁的孩子穿五岁时候的衣服了。这种教育,可算得是死的教育。活的教育就不能这样了。活的小孩子,他生长快,他的进步也快。他一时有一时的需要,一时有一时的能力。当教育家的,就要设法子去满足他的需要,就要搜罗相当的材料去培植他。这就是我们所讲的活的教育第二件。

我现在再讲活的教育要些什么材料。这材料也可以分作三段说:

一、要用活的人去教活的人。我们要想草木长得茂盛,就要我们天天去培植他、灌溉他;我们要想交结个很活泼的朋友,就要我们自己也是活泼的。我的影响,要使能感到他的身上,他的影响,也要在我身上,这才可以的。比如：我俩人起先是不相识的，后来遇到了好几回，在一块儿谈了一次，于是两下的脑筋里都受了很深的影响，两下的交情，也就日渐浓厚了。当教员的对于学生也要这样，也要两下都是活的，总要两下都能发生的密切的关系。教员的一切，要影响到学生身上去；学生的一切，要影响到教员身上去。一个会场有的人好谈话，有的人好笑，我们看了心下一定也会生了一种影响。比如：我一人在台上讲演，大家都坐在下面听，我的脑筋中已经印象了许多听讲演的人；想大家的脑袋中，也会印象到了我讲演的人，这也就是一种活的表现。活的教员与活的学生，好像汽车一样，学生比譬是车，教员比譬是车上司机器的。机器不开，车自然不动。教员对学生，若不以活的教材去教他，他自然也就不能进步。现在的教员，不像从前了。他像把汽车上机子开了，车子在跑了。但是还有些教员，他的性子未免太急，他把车上的机器开猛了一点，车子行得太快，刚刚要想收机，忽然前面碰到了石头或其他的人，这时就要发生很大的危险了。活的教员，正同司汽车的一般，要把眼睛向前看准了。若闭着眼睛乱开机，那就要危险极了！学生向前进，教员也要向前进，都要一同并进。若徒以学生前进，而教员不动，或者学生要进而教员反加以阻碍，这可谓之死的人教活的人，不能谓之活的人教活的人！

二、拿活的东西去教活的学生。我们就比如拿一件花草来教授儿童，将这花草把他解剖开，研究其中的奥妙，看他是如何构造的。小孩子对于这事，觉得是很有趣味的。我们能以这种种东西去教他，不但能引起他活泼的精神，并且还可以引起他的快乐。我们还可以拿活的环境去教他，比方沙漠本是干燥的，我们可以设法使他出水；大海有时候变成陆地；太平洋里航船到美洲，本不大便利，于是就有人开了巴拿马运河；火车行山路不便，就会把山打个洞。这就是拿活的环境去做教育上材料的。文化进步，是没有止境的；世界环境和物质的变化，也是没有一定的。活的教育，就是要与时俱进。我们讲活的教育，就要随时随地拿些活的东西去教那活的学生，养成活的人才。

三、要拿活的书籍，去教小孩子。书籍也有死的有活的。怎样是活的书籍？我觉得书籍所记载的，无非是人的思想和经验，那个人的思想、经验要是很高尚的，与人生很有关系的，那就可算是活的书籍。若是那著书的人思想、经验都没有什么价值，与人生没有关系，那就是死的书籍。我们教授小孩子，对于书籍的死活，就不能不慎重。所教授的书籍，要有统系的，前后都能连贯得起来，不是杂乱无章的，这才是活的教育。若只知道闭着眼睛教死书，也不顾那书适用不适用，这样我敢说就是死的教育。我们教授儿童的书籍，好像人家传财产样，普通有两个常法子。（甲）是传财的法子。比譬一家，他的家主不愿管事（或临死时）了，要把家事完全推及小家主，将所有存蓄的银钱，都要对小家主说个明白，叫他慎重。（乙）是传产的法子。就是有本账簿子，说我所有的产业，都登在这账上面。那天那家主把他的后人带到各田庄上去看，说是某田是租给某人的，某庄子是某人承租的，那块山场是由某人保承的，某处房屋是谁租着做什么事的。这样一件一件地指示给他看了，又与他那账簿子再对照一下，那么，这个财产的根本，他那小家主已经明白了。这笔家私，就没有人能够会糊倒他占得去了。我们办教育的传文化的人，也是这样，也要把书籍像传财产一样，要把所教授的东西，都能使他领会得到，能连贯得起来，使小孩子的脑筋有个统系，不致混乱，这种教育才配说是活的。从前有许多讲教育的，没有统系。所以使一般学生听了，只是囫囵吞枣，一点不能受益，这也就是死的教育，不是活的。活的教育要拿活的书籍去教。现在还有许多教员先生们，他对书籍还不十分注意。当他初当教员的时候，也还肯买一两本书看看，到了后来，他不但不买，连从前所有的几本书，都借给人去了。这样教员，教育界中也不知道有多少。他既不能多买书看，对于一切新知识，他自然是不知道的。他既不能有新的知识，那一定没有新的教材能供给学生，只是年年爬起来卖旧货！这种教育中的败类，真不知害了多少青年。我们现要希望教育成活的，当教员的就要多看书——多看些活的书——好去供给学生的需要，养成新而且活的学生。——这就是我讲的 Education of life。

现在要讲到活的教育的方法，我可提出两个最时髦的法子就是：

1. 设计教授法。活的教育，最好而且最时髦、最紧要的，就是总要有个目的。这我在上面也曾说到了一点。我们教授儿童，先要设定一个计划，然后一步一步地向着所计划的路上去做。若是没有个计划，那就等于一只船放到了江中没有舵，进退左右，都没有把握！倘不幸遇了一阵大风，那一定逃不了危险的！办教育的人，要能会设计，预知学生将有风潮，就先要设一方法，使那风潮却从无形中消灭，不致使他发泄。知道学生程度不齐，就要设一种计策，使之能齐，总期各方面都无损，且能获益。这种设计，各学校的情形，各有各的不同，各地方亦有各地方不同，这可听大家因时制宜，我不能断定。

2. 依计划去找实现法。这个方法大致是根据上面来的。我们订了一个计划，不能就算了事的，必定还要依照这计划去实行去。我现在可拿个浅近的事做个比譬：就如农人种豆子，他先也要订个计划，以几亩田能要几多种子，要多少肥料，又要多少人工去做，要经多少时期才能完工；什么地方种绿豆适宜些，什么地方种黄豆适宜些，还有甚地不适于种豆子，适于种山芋。这样计划了一番，然后兴工动作，按这所计划的进行，这必定是有条有理，不致乱忙；而所收的结果，也一定是很丰厚了。由此类推，办教育亦莫不是这样。一个学校，也先要订个计划，然后去依计划实行。例如某级学生，今年应当注意什么功课，某级学生今年应当添什么功课和减什么功课，某教授教授法不好应当怎样。能这么一样一样的计划好了，然后又按照这个进行，那个学校没有办不好的道理。推之修桥修路和其他种种建设，都能依着这样进行，求到所希望的目的，那么，天下事绝没有不可能的。现在我看有许多地方，他一开个什么会，他预先没有计划。到了临时开会了，不是招待员左右乱跑，就是会场上布置得不周全，往往令来宾乘兴而来，败兴而归，这都是由于预先没有一定的计划。俗语所谓："平时不烧香，急时抱佛脚。"这事决不会办得好的。我们谈教育的，就是在这上面注意注意。无论是办大学也好，中学也好，国民小学也好，总要预先有个计划，然后依着计划去找实现。有时计划订得不好应随时变更。比如：我们讲化学，今天就要计划明天化学堂上要些什么东西试验。我们预先就要预备好着，省得临时仓皇失措。诸如此类我也不必多举，我总觉得设计教授法是活的教育上最不可少的，依计划去找实现法，那更是一件要紧的事了。——这就是我所讲的 Education by life。

我现在又要讲我们为什么要讲活的教育。因为活的教育，能使我们有种种活的能力。我们人生有高尚的，有低微的；有暂时的，有永久的；有完全的，有片面的。我们要使暂时的生活，能够叫它永久；片面的生活，要使它能完全；低微的要使它高尚。怎样叫作完全？我们在国家是公民，在社会上有朋友亲戚，在家庭里有父母兄弟姊妹，在学校里有同学，有师长。我们一身，对于自己，对于各方面都要顾到。如果一方面不能顾到，这还是片面的。怎么叫作高尚的？我觉得人们的身体和精神是两样的，各有各的生活。身体上的生活，固然要紧，精神上的生活也是要紧的。设使两者要去其一，那就是我们最不幸的一件。我们总要使得我们的身体、精神，都是很健全的、愉快的。这可就算是高尚的生活，反之就是低微的生活，都是有关系于教育上的。再，怎样谓之永久和暂时的生活？我们人的寿命有长短不一，有二三十岁就死的，有七八十岁才死的，有十几岁就死的，也有八九十岁才死的。说者多谓生死有定，但这可不能为凭。我想人的生命的长短，大致是关系于人的操作和卫生上的。从来人的死，多是由病的。考病之由来，不外两种：（1）是由人的操动过度致伤身体而殒命。（2）是由人的卫生上没有讲求，以致生出了许多毛病，终至因而送命。绝没有无病无灾而好好就会死的。纵有，也是很少很少的，但亦必定有其他原因。要说人的生死有定，何以人不好好的就死，而偏要生病才死咧？这种无稽之谈，我是不盲目崇拜的。我觉得人的生活，所以有暂时和永久的，都是根据于卫生和操作的关系。我们现在讲活的教育，就要明白这种关系，然后好去预防他，保护他，谋永久的生活。我在上海、南通参观各工厂，有许多六七岁的小孩子，都跟在他的母亲父亲身边下做工。我看他们那些小孩子，都是很瘦的，精神也很衰败的。这都是那些贫民没有钱给儿童受教育，国家亦没有钱能办这种义务教育。有些资本家倒是很有钱的，但他只知道营业获利，不肯拿钱来办这可怜的教育，所以那些小孩子就没有机会受教育，只得附随其阿父阿母做工以度日。五六岁的小孩子，尚有许多生理器官还没有长完全，现在竟居然要他工作，这种不适宜的使用，一定会使那小孩子身体不得强健，甚至还要早死的。譬如树上的果子，还没有成熟，你就把他摘下去吃，那是一定吃不得的。小孩子还没有成人，就要使用他，他的前途一定是很有限的，将来一定要发生危险的。像这样只顾眼前不顾后来，就可谓之暂时生活，不是永久的生活。现在讲活的教育，就不能不注意这一层。

活的教育，有属于抽象的，叫作精神上活的教育。比方一个人死了，他的机能死了，他的躯干倒了，他的精神是没有死，还存在空中，能使我们还受到他的影响。这也似乎是种渺茫之谈，我本不敢怎么样的贡献于大家，因为各个人的观念不同。但是，有时我觉得大家也可以公认这话有点的确。例如：孔子是死了，他的精神还没有死，其影响存在我们大家身上。我们大家的脑袋中都还印象了有个孔子。历来许多大英雄、大豪杰，他的身子虽已腐化了，但他的勇气、毅气，还是贯传着，在我们大家的脑海中，这也就是精神上还没有死。他的精神可以一代一代地向下传，可以传许多人，不只传一人。一个活泼学生的精神，可以传应到许多学生。比如：我的精神传应着在大家身上，也可以传应到社会上去。这种传应，并是很快的。我们讲活的教育，对于这精神上的传应，也要注意，也要求活的精神。精神也有死有活的，活的精神，就是能使人感受了他，可以得到许多的教训。社会一日不死，各方面的精神传应，也是不死的。我觉得社会上受了这种精神的教育，也不知道有多少。这精神上的教育，最易感动人的，能联络一切。我从前有许多朋友住在一块，后来别了好多年，没有见过面，形式上要算疏忽了，但是精神上还是没有分离。这就是一种活的精神的表现。我希望讲活的教育，也要把这活的精神当作活的教育里一件材料。——这就是我讲的 Education for life。

【附录】

陶行知给《学灯》记者的一封信

《学灯》记者先生：

今天我看见《学灯》上登了一篇《活的教育》，记得是在金陵大学暑期学校讲演的话。现在汪、马二君发表出来，我很感谢。他们记得很详细，有好几处确能传达我的精神。但因各地言语不同，所以记得也不十分正确。如"我们办教育也就像推草一样"因为前后遗了几句，就和我原来的意见正相反了，"传财"与"传产"当是"单传账簿"与"对着账簿点明产业交待后人"之误，Education of life 应在教材之前，等等，都是要更正的。报章重在传达真相，知行提议以后对于投来的演讲稿，如能办到，最好先寄与演讲人看过再登，当可减少错误。出版虽要晚几天，但看报的人因此所得的益处确要大些。先生以为何如？请先生将这信登在报上，作为更正。

新学制与师范教育

1922 年 1 月

新学制草案里所规定之师范教育有六种：一是三年普通科三年师范科的六年师范教育，二是招收初级中学毕业生学习之三年师范教育，三是四年的高等师范，四是大学的师范科，五是相当年期的师范讲习所，六是高级中学职业科里附设的职业教员养成科。高等师范和师范讲习所大概依照旧制。第一和第二两种是依据"三三制"的办法定的；中学校得兼办师范科是适应本年中学校设立师范组的趋势定的；大学师范科是适应近年大学设立教育科的趋势定的；职业教员养成科是适应近年职业教育的需要定的，这几点都可受我们的欢迎。但就全部看起来，新学制草案中之师范教育段很有几个缺点，可以商榷。我先提出几条普通原则和师范教育的现状来讨论，然后再看师范教育段的缺点究竟是哪几种，并应该如何去修正。

（一）教育界要什么人才，就该培养什么人才。教育界所需要的人才可分四种：一是教育行政人员，二是各种指导员，三是各种学校校长和职员，四是各种教员。吾国自办师范教育以来，无论高等师范、初等师范，只顾到第四项，只是以造就教员为目的，对于教育行政人员、指导员、校长和职员的训练都没有相当的注意。虽然师范学校里面有管理法、教育法令一类的功课，但是很不完备。那开通的省区有时也为办学人员开短期的讲习会，但无系统的研究，无相当的材料，无继续的机会，故不能使他们得充分的修养。大家都以为这种种职务可以不学而能，人人会干，无须特别的训练，更无须科学的研究。结果只好把他们交付给土绅士和小政客去办理。中国学务不发达的原因固多，但是教育行政办学指导人员之不得相当培养也是个很重要的原因。所以我主张，凡教育界需要的人才都应当受相当的培养。我们教育界需要什么人才，即须造就什么人才。我们应当有广义的师范教育——虽所培养的人以教员为大多数，但目的方法并不以培养教员为限。

再进一步，就培养师资而论，现在师范教育的功效也是迁就的，片面的。

试看国内的高等师范，他们对于培养中学校和师范学校的教员，毫无分别。难道师范学校里所要的各科教员，可以和中学校一样的吗？这是高等师范最迁就的一点。

初级师范大多数设在都市里面，毕业生所受的教育既不能应济乡村的特别需要，而他们饱尝都市幸福的滋味，熏染都市生活的习气，非到必不得已时，决不愿到乡下去服务，于是乡村学校的师资最感缺乏了。补救这种缺乏的方法就是所谓之师范讲习所。但是这种师范讲习所，我们既不以正式学校看待他，所以因陋就简，办理不能适当。总之就中国现在所办的师范教育而论，城里的人叨便宜，乡下的人吃大亏。我们要乡村教员，就应培养乡村教员以应济乡村的特别需要。

再进一步，就培养都市教员而论，现在的初级师范教育也有应该斟酌的地方。初级师范毕业生的心理是很愿意做高等小学的教员，他们在国民小学里做教员，似乎是不得已的。初级师范对于初等小学和高等小学教员的养成很少分别。目的不分明，所以办法也很笼统，高等小学和初等小学都不免有所迁就。近来师范学校内也有采分组制的，这是为高等小学应济需要的一种办法。山西于民国八年设立大规模的国民师范学校，专以培养国民小学教员为目的。由这两种趋势看来，高等小学教员与初等小学教员的养成似乎应该有些分别。

总之，教育界要什么人才，就该培养什么人才。教员之外，教育界还要什么人才，就该培养什么人才。教员的种类有因学校等级分的，有因市乡情形分的，也有因学科性质分的。我们要什么教员，就须培养什么教员。

（二）教育界各种人才要什么，就该教他什么，要多少时候教得了，就该教他多少时候。如果因为种种情形一时教不了，就该把那必不可少的先教他，以后再找机会继续地教他；到了困难渐渐地解除之后，就该渐渐地看那必不可少的学识技能之外还缺什么就教他什么，还缺多少就教他多少，时期的长短都依这种情形酌量伸缩。这条很明显，可无须举例。最难的是进一步的分析的功夫。究竟一位县教育局长、市教育局长、中学校长、初级师范国文指导员、高级中学理化指导员、小学校长、前四年的小学教员、幼稚园教员应当学的是什么？要多少时候学了？如果一时不能学了，究有什么可以缓学？可以缓学的究须多少时间才能补足？我以为这种分析的手续没有办到之先，若想定各种人员养成的时期总是勉强的。我们最需要这种分析的手续，但不能立刻办到，我姑且提出来作为继续共同研究的起点。

（三）谁在那里教就教谁。若想把教育办有成效，必须依据实际情形。我们试把眼睛打开一看，实际上究竟有哪几种人在那里从事教育？大学堂的毕业生、专门学校的毕业生、高等师范的毕业生、中学校的毕业生、初级师范的毕业生、实业学校的毕业生，甚至从高等小学出来的科举出身的先生，都是实际上在那里操教育权。除开高等和初级师范的学生外，其余的几乎是完全没有受过特别训练的。他们既在那里实施教育，自有受训练的必要。论到教师所能受的训练，学校出身与科举出身的教师，当然不能一致。

科举出身的教师现在还是很多，恐怕十年之内他们的数目不能大减。南京现有私塾五百六十余所，广州私塾千余所，塾师多由科举出身，在他们势力下的学生各以万计。我以为既有这许多科举出身之人实际上在那里操纵儿童的教育，我们决不能不设法使他们得些相当的训练。因为谁在那里教，就该教谁；塾师在那里教，就该教塾师；一天有塾师，即一天要训练塾师如何改良。

论到未受训练的学校出身的教师，我姑且把那些从专门和实业学校里出来的除开，专论从大学、中学、高等小学出来的教师。

大学校出来的毕业生或学生（包括国立、教会立、私立）除入政界、商界、实业界服务或留学外，多到中等学校里去充当教员。这些人当在大学肄业的时候，有好多已经发现充当教员的动机了。如果学校里乘他们未毕业之前，给他们些关于教育上的训练，必定是很有效力的。

中学校的毕业生除升学的和闲在家里的外，大多数是在那里做教员。我信中学毕业生充当教员的当不下三分之一。这两年来，我曾提议在中学里设师范科。现在已有几处在那里试办。有人说：中学里没有相当的环境、设备和附属小学，若设师范科，恐怕将来出来的毕业生一定没有师范学校里出来的好。这或者是不错的。但就事实论，我们不能拿师范学校的毕业生来和中学师范科的毕业生比；我们所应该比较的是未受训练的中学毕业生和中学师范科的毕业生。总之，中学毕业生是不是在那里教人？是。受过训练没有？没有。要不要训练？要。好，设师范科。

高等小学出来的学生，有好多在那里做国民小学教员。开通的地方少些，越到内地去越多。我不但主张在中学里设师范科，我并曾主张高等小学末年亦得设师范课程。也有人反对说：现在师范毕业生程度已嫌太低，我们何能教十三岁左右的高等小学毕业生去做教员？我也请大家只须在事实上着想。第一，实际上高等小学的毕业生要去做教员的并不止十三岁。第二，我们要看实际上有没有高等小学毕业生在那里做教员？如果没有，或是太少，当然无须。如果有的，当然要训练。相当的训练是有益无损的，是断断乎有胜于无的。我再举一例，假使一个人家有两个孩子，大的在高等小学里做学生，小的在家里没有人教，附近也没有国民学校可进。在这种情形之下，我们应当怎样？是任小孩子失学呢，还是叫大的孩子每天放学回家时教他？当然叫大的孩子教他。大的孩子能不能教？能。如果高等小学里曾经教他怎样教人的法子，这大的孩子是不是更会教些？当然更加会教。这大的孩子受过训练后，有没有初级师范毕业生教得好？当然没有。那么怎样不请初级师范毕业生来教？请不起，这样经济得多。我并不是主张个个地方都是教高等小学程度的学生去做教员，也不是主张一个地方是永远应该如此的。大概教员的程度应当取渐进主义。本地各种情形进步到什么地位，师范教育的程度亦宜提高到什么地位。时候未到而不肯降低和时候到了而不知提高是一样的错误。

总之，实际上在那里从事教育的人的种类，是师范教育一个很重要的指南针。这些人一来要求办师范教育的人给他们补充学识的机会，二来暗示办师范教育的人说："像我们这一类的人后来陆续出来做教员的还不在少数，你们应该预先去培养他们。"

照上面所提的普通原则看起来，新学制草案之师范教育段，有下列应当注意之点：

1. 师范教育段，是不敷学制的需要的。师范教育段只有高等师范学校（与大学师范科同）和师范学校（毕业期限与高级中学等）两等；学制上所规定之学校有小学、初级中学、高级中学等级，故师范教育段不敷学制上各学校对于人才之需要。

2. 高等师范规定四年，师范学校规定六年毕业，觉得太呆板，并没有逐渐提高的机会。如果把教育界各种人才所需要的学识技能分析之后再来规定年限，我觉得那时规定的年限，决不像这样一致。

3. 最低的师范教育令十二年毕业。依中国现在的情形看来，十省有九省够不上这个标准。就最开通的省份当也有好多区域是够不上这个标准的。若专靠师范讲习所来救济，那么既不以正式学校看待他，结果必不能圆满。所以我觉得现在的师范教育有低下一格的必要。

4. 高等师范入学之资格、毕业之程度既与大学同，似宜以单科大学称呼他。因为这种机关不止培养师资，简直就可称他为教育科大学。那设在综合的大学里面的就叫他为大学教育科。

5. 师范讲习所的目的应该定得清楚。既是辅助义务教育的临时办法，他的宗旨就宜以训练未受学校教育人员充当教员为限。那受过学校教育的人要做教员，就叫他们依据程度去进相当之师范学校。

6. 职业教师之培养专在高级中学职业科里面规定，也觉得呆板。

7. 学问是进化不已的，从事教育的人应当有继续研究的机会，故师范补习教育亦应占一位置。

依据上面所说的，我对于学制草案中之师范教育段要提出意见如下：

（1）初级师范以培养小学前四年之教员为目的，招收六年的小学毕业同等学力的来校学习，修业年限一年以上。初级中学能设师范科。

（2）中级师范以培养六年的小学的后二年与高等小学（如高等小学不完全取消）教师为目的，但同时得培养小学办学人员，招收六年的小学毕业同等学力的来校学习；修业年限四年以上，前期为普通科，后期为师范科。

（3）中级师范学校得办完全科或专招初级中学毕业同等学力的学子，教以相当时期之师范教育，高级中学得设中级师范科。

（4）兼办初级中级师范的学校，称为初、中两级师范学校。

（5）高级师范以培养地方教育行政人员、初级中学同等程度之办学人员、指导员、教员为目的；招收高级中学毕业同等学力的来校学习，修业年限三年以下。

（6）教育科大学以培养教育学者、教育行政人员、学校行政人员及高级中学同等程度之指导员、教师为目的。修业年限四年以上。（现在高等师范学校最宜改良的是内容和方法，增加年限而不改良内容和方法是无益的。如能改良内容和方法，就不增加年限也无妨。先去改良内容和方法，有余力时，再图增加年限，似是解决这问题的顺序。）

（7）大学得设教育科及高级师范。

（8）教育研究院修业年限一年以上，招收大学毕业生研究。

（9）幼稚师范学校可独立设置，或附设在其他师范学校内。

（10）师范讲习所以训练非学校毕业人员充当教师，并继续补充他们的学识技能为目的，期限不定。

（11）各种师范学校得设师范补习学校，以继续补充学校出身之教师之学识技能为目的，期限不定。

（12）为推行职业教育计，大学实科及高级中学之职业科内得附设职业教员养成科。但教育科大学、高级师范和中级师范内能培养职业师资者听。

总之，学制是要依据社会个人的需要能力和生活事业本体的需要定的。师范教育一面是为学制上各种教育准备人才，故要顾到学制上的需要；一面是一种事业，自然又要顾到他自己本体上的需要。上面对于各种师范教育所拟的年限虽是很可活动的，但还是假定的办法。我很希望研究师范教育的同志，早些把教育界各种职务所需之学识、技能详细分析，再会合起来，看他们究竟要几多时候可以学得会，学得好。如果社会的财力人力和个人的境遇一时不能使我们透达圆满的目的，我们也可依据所分析的结果，拣那可缓的，留到后来陆续补充，以后再随社会个人能力的增进，逐渐地去谋提高和改良。

教育者的机会与责任

今天我的讲题是教育者之机会与责任,但是今天到会的,除教育者外,又有受教育的学生、提倡教育的办学者。我这题目,和上面种种人有什么关系呢?我想,学生对于教育发生的影响,自己首当其冲,自然要去看看教育者是否已经利用他的机会,尽了他的责任。办学者是督察教育者的人,更有急需了解教育者的机会与责任的必要。所以我这演讲,实在是以上三种人都应当注意的。

先从机会方面讲。教育者应当知道教育是无名无利且没有尊荣的事。教育者所得的机会,纯系服务的机会、贡献的机会,而无丝毫名利尊荣之可言。他的机会,可分四种。

一、有可教之人;

二、可教者而未能完全教;

三、可教者而未能平均教;

四、已受教而未能教好。

以上四种,都是予教育者以实施教育的机会。且先就第一种讲：

第一种是因为社会上有许多可教之人，所以教育者才能实行他的教育，倘若无人可教，则教育者就失其机会而无用武之地了。孔子曰："生而知之者上也。"美国某哲学家，对于他这句话很有怀疑，他反驳孔子说："生而知之者下也。"可是他的话确乎也有根据，譬如最下等的动物——细胞，彼从母体脱离后，凡彼母亲会做的事，彼都会做。再推到小牛，彼虽然不似细胞那样快，但是不用隔多时，举凡彼母亲的事，彼也会做了。小猴子却又不同，彼有几个月要在彼母亲的怀里，因为彼又是较高于小牛的动物。人又不然了，人在小孩子的时期，最早要候二三年后，始能行动，后来又慢慢由幼稚园——至于大学，去学他的技能，以做他父亲会做的事。总之，幼稚时间长，所以可教；教育者的机会，也是因为有可教的小孩子啊！

第二种是说可教的人没有完全受教。如中国有四万万之众，照现在统计表计算，只有五百四十万个学生，换言之，只有一百分之一点五是学生；一百人之中，能受教育的只有一个半人。这一百分之九十八点五的不能受教育者，都打着我们教育者的门，并且告诉我们说："现在是你们的机会到了，有一个人不入学校，就是你们还没有实行你们的机会。"

第三种是就受教的人说的。中国现在受教育有三桩不平均的地方：（一）女子教育；（二）乡村教育；（三）老人教育。

第一桩，女子教育在中国最不注重。中国全国，有一千三百余县没有女子高等小学，又有五百余县没有一个女学生。若照百分法计算起来，男学生占学生中百分之九十五，女子却只占百分之五；以家庭论，一百个家庭，只有五个是男女同受教育——好家庭了。所以为家庭幸福计，男女都应受同等的教育。女子教育的重要有三：

（甲）女子同为人类，自应有知识技能，去谋独立生活。譬如四万万根柱子擎着大厦，设若有二万万根是腐朽——不能用的木材，则此大厦必将倾倒，这是很明显的例子。——所以女子必须受教育，去共同担负社会的责任。

（乙）女子富于感化性，能将坏的男子变好，并且可以溶化男子的性情与人格。诸位不信，请看看你们的亲友，定可得着个很显著的证明——所以欲使男子不致堕落，非从女子教育着手不可。

（丙）女子受教育，必定十分顾及她子女的教育，不似男子的敷衍疏忽。——所以普及女子教育，不但可以收到家庭教育的好果，并且可以巩固子孙的教育啦！

第二桩不平均是城乡学校的相差，城里学校林立，乡下一个学校都没有。以赋税论，乡下人出钱，比城里人多些；他们的代价，至少也应当和城里平均，才是公允的办法。故乡村教育，应为教育者所注意。

第三桩，是小孩子可以受教育，而老年人则无受教育之机会。一般教育者，也只顾及小孩子的教育，对于老年人很少加以注意，这也是件不平均的事。中国现在内外交梦，社会多故，如若候着那班小孩子去改造，非待二三十年后不能奏效。所以欲免除目前的危险，必须兼顾着老幼的教育。

许多女子、乡村人、老年人，都打着我们教育者的门，如求雨一般的哀求我们放他们进来。这也是我们的机会到了！

第四种机会，是因为小孩子虽然受教，但是没有教好。如已教好，我们教育者又无机会了。没有教好者，可以分四层讲：

（甲）人为物质环境中的人，好教育必定可以给学生以能力，使他为物质环境中的主宰，去号召环境。如玻璃窗就是我们对于物质环境发展的使命之一。我们要想拒绝风，欢迎日光，所以就造一个玻璃窗子去施行我们拒风迎光的使命，教讨厌的风出去，可爱的日光进来。又如我们喜欢日光和风，但是想拒绝蚊蝇，所以又造了一种纱窗去行我们的使命。这种使命，并非空谈，因为我们有能力确可使这些自然的环境，听我们调度。故学校应给学生使命环境的能力，去做环境的主宰。以上不过是表明人对付环境的两个例子。

水也是自然环境之一，但是不能对付彼，常常为彼所戕杀。如去年孟禄博士到苏州参观教育，同行有四位女学士。过桥的时候，女学士的车子忽然翻落桥底；当时船家和兵士都束手无策，等到想法捞起，已经死了一个。我们从这件事，得着一个教训，就是"学生、船夫、兵士都不会下水"，以致人为自然环境的"水"所杀。

人在青年时发育最快。身体的发育，犹如商人获利一样。可是商人获利是最危险的事，偶一不慎，当悖出如其所入。我们青年生长时，亦有危险，学校讲求体育，应问此种体育是否增加学生的体健，使他们不致有种种不测之事发生？

这种学生的父兄，也带了他瘦且弱的子弟，打我们教育者的门，厉声问我们教的是什么教育？

（乙）人不但是物质环境中之一人，也是人中之一人。人有团体，有个人，在这团体和个人中，便发生相对的关系。此种关系，应互相联络，以发展人性之美感。在此阶级制度破产时，我们绝不承认社会上还有什么"人上人""人下人"，但是"人中人"我们是逃不掉的。我们既然都是人中之一人，那么，人与人自然会有相互的关系了。这种关系，能否高尚优美，尚属疑问。且就现在的选举说吧，被选人手里执着些洋钱，选举人手里执着一张票，他们所发生的关系，是洋钱的关系，选举的关系罢了！这种关系，能合乎高尚的条件吗？

再看留学生的选举如何。记得从前中央学会选举时，自称为博士、硕士的留学生，不也是一样的舞弊吗？其他如大学毕业生、中学毕业生以及未毕业的中学生，他们又是怎样？他们为什么拿着清高的人格，去结交金钱？去结交政客？做金钱的奴隶？做政客的走狗？这样的学生，对得起国家社会吗？对得起父母吗？对得起自己的人格吗？

国家、社会、父母，都带着他的子孙，打我们教育者的门，骂我们为何太不认真，以致教出这种子弟！

（丙）好教育应当给学生一种技能，使他可以贡献社会。换言之，好教育是养成学生技能的教育，使学生可以独立生活。譬如社会上的农夫、裁缝、商人、工人、教员……他们都有贡献社会的技能，他们各人贡献他们所做的事，可以使社会得着许多便利。倘若有一个人没有能力，则此人必分大家的利，而造成社会的恐慌了！所以教育的成绩，就是"技能"；教育就是"技能教育"。——且拿现在的师范生做个譬喻：现在师范毕业学生只有十分之八可以服务，十分之一可以升学，其余的十分之一，却做了高等游民了。再看中学毕业生，也只有三分之一可以服务，三分之一可以升学，其余三分之一，也就做了游民了！但是他们虽然不能服务，倒不惯受着清闲的日子，反做出许多不正当的事业，实在危险啊！

这种游民式学生的父兄，也打着我们教育者的门，问我们何以教出这种不会做正当事的子弟？并且教我们重新改过课程，使毕业的学生皆可独立。

（丁）人不能没有休息，但休息是人最险之时。人无论怎样忙，都没有损害，倘若休息，则魔鬼立至。我们可以看出社会上许多恶事，都是在休息时候做的。所以学校里有音乐，便是给学生以正当的娱乐，使学生不致在休息时间做出恶事。可是学生回到家里，既无教员同学和他盘桓，又没有经济设置音乐去助他的娱乐，难免不发生其他的事来。所以学校应当使学生在休息时有正当的愉快。

这又是我们教育者的机会了！

总之，以上皆是我们教育者的机会。平常人对于机会怎样对待呢？大约可以看出四种情形来：

A. 候机会。有一班教育者天天骂机会不来，好像穷妇人想发财一样，但是机会不是观望的，所以等着机会是极愚拙的事，可以料定永远不会收着成效的。

B. 失机会。又有一班教育者，他明明看见机会来了，等到用手去提彼，彼又跑掉了。如此一次，二次，三次，……仍旧不能得着机会。因为机会生在转得极快的圆盘子上，倘如没有极敏捷的手去捉彼，总会失败的。

C. 看不见机会。机会是极微细的东西，有时且要用显微镜和望远镜去找彼。一班近视眼的教育者，若不利用那两种镜子，是很难看见机会的。

D. 空想机会。还有些教育者，机会没有来，到处自炫，就像得着机会一样。犹如两个近视眼比看匾，在匾没挂起来的时候，都去用手摸了匾。后来共请一位公证人去批评，他们各人述了自己的心得，公证人忍不住笑了，因为这匾还没有挂上，他们都是"未见空言"咧！

这类"未见空言"的教育者，他们一味地空想，结果总没有机会去枉顾他一次。

现在再谈谈好的教育者。我以为好教育者，应当具有灵敏的手去抓机会，并且要带千里镜去找机会；机会找着了，就用手去抓住彼——不断地抓住彼，还要尽力地发展彼。

再说一说教育者的责任。简单一句话，教育者的责任就是"不辜负机会；利用机会；能用千里镜去找机会，会拿灵敏的手去抓机会。"

办学者和学生都应当看看教育者是否利用他的机会；如果没有利用他的机会，便是他没有尽责。尽责的教育者，可以使学生发生"快乐"与"不快乐"两种感想；但是不尽责的教育者，也可以得着这两种情形，这是什么缘故？

因为教育者尽责，可以使学生在物质环境中做好人，教他学习一种技能去主宰环境。这种教育者，学生对于他有合意的，有不合意的。合意者不生问题，不合意的学生只请他认定教育者是否教我们做一个好人。如是，那我们就应当忍耐着成全这教育者的机会。设若教育者不负责，——辜负了机会——不使学生求学，我们这时候，应当知道学生有好有坏，教育者也有尽责与不尽责，不尽责的教育者常为坏学生所欢迎，同时也被好学生所唾弃。做好学生、好教育者，更应当对于坏教育者、坏学生，加以严厉的驱逐，使这学校成为好的学校。

这桩事，无论是教育者、学生、办学者，皆当注意。我们不能辜负这机会与责任，自然要奋斗。攻击坏教育者、坏学生，是我们不可不奋斗的事——尤其是安徽不可不奋斗的事！

教育与科学方法

今天所要讲的不是教育研究法，是"教育与科学方法"，就是科学方法在教育上的应用。人生到处都遇见困难，到处都充满了问题。有的是天然界给我们出题目，有的是社会上给我们出题目，有的是空气、光线、花草给我们出题目。既然题目有这么多，我们应付这些问题的方法也分好几种。有的人见古人怎样解决，我们也怎样解决，这种解决是不对的，是没进步的。因为古时现象不是与今日现象一样。所以以古进今的办法往往是错的。有的人依外国的方法来解决问题：日本怎样办教育，我们也怎样办教育；德国怎样办，我们也怎样办；美国怎样办，我们也怎样办。这种解决也是不对。因为从人家发明之后，未必公开，或不愿公开。从不愿公开到公开，已经若干时间，再从公开到中国，我们刚以为新，不知人家早以为旧了。还有的人是闭门空想，自以为得意得了不得，其实仅自空想也是没用的。因四面八方的问题，不给他磨炼也是不行。此外还有一种人也不依古，也不依外，是以不了了之。像以上种种方法，都不能解决我们的问题。能解决我们的问题的，唯有科学的方法。

什么是科学方法呢？科学方法是有步骤的，是有线索的。第一步要觉得有困难。如牛顿看见苹果落地，别人不知看了几千百次，都没觉得有困难，唯有牛顿觉着有困难，所以他发现地球的吸力。教育方面也是如此。有的人上课看不出有什么问题，学风之坏也不注意，所以就不会有问题。第二步得要晓得困难的所在，就是要找出困难之点来。如一个人坐在那里发脾汗①，是觉着有困难了。用什么方法来解决这个困难，这就跳到第三步，从此想出种种方法来解决。有的画符放在辫子里，有的请巫婆，有的到庙里烧香祷告，有的请医生，有的吃金鸡纳霜。有了这些法子然后再去选择，这就到了第四步。自以为老太婆的法子好，就去试一试；不能解决之后，再用其他法子，最后唯有吃金鸡纳霜渐渐地好了。但此刻还不能骤下"金鸡纳霜能治脾汗"的断语，因为焉知不是吃饭时吃了别的东西吃好的呢？所以必须实验一番，这就到第五步了。如在同一情形之下，无论中外、男女、老幼吃了都是灵的，那么，金鸡纳霜能治脾汗就不会错的。

经过这五步功夫，然后才可解决一个问题。这五步方法是科学的方法。无论是化学，是物理，是生物学，都用这个方法以解决困难。但科学方法也有几个要素：

（一）**客观的** 凡事应用客观的考查。有诸内必形诸外。在教育上的观察，就是看你的学说于学生的反应怎样？

---

① 脾汗，即疟疾。

教员与学生的关系怎样？要考查一校的行政，应看他的建筑、设备怎样？如以秤称桌子，我虽不知此桌的重量，但我晓得所放的秤码是多少。

（二）**数目的观念**　凡有性质的东西都有些数量。如光（light）有性质，一般人都如此说，物理学家也说可以量的。又如灵魂是有质量的，将来也须用数量去量——如果不能，则灵魂是没有的。数量中又有两个观念：（a）量的观念。有数量就可去量，如布、米、油等。（b）要量得正确。量不正确也是无用。就是反对量的，他也在那里量，但他们用的法子很粗浅，专用一己的主观。如中国教员看卷子，有时喜怒哀乐都影响到他们定的分数。高下在心，毫不正确，这是中国人的毛病。我想不但学理化的人对于数目要正确，就是学教育的人也要正确。"差不多"三字是我国人的大毛病，与人约定时间总是迟到（但上火车总是早到）。所以孟禄调查教育时说："中国人对于数目不正确。如要改良中国的教育，非从数目入手不可。"

以上说的是科学步骤与观念，要用这步骤观念，应用到教育上去。

现在教育问题很多。从前人对于教育问题都是囫囵吞枣，犯了一种浮泛的毛病。各个人都会办教育，各个人都可做教育总长，都是教育专家。究竟教育问题是不是如此简单？还是无人不会呢？我们要知道教育在先进国里是一种专门科学，非专门人才不能去办。中国就不是如此。不过这几年还算进得快就是了。五年前南高师教育和心理都是一人担任。自我到了之后，才将教育与心理分开。一年之后，授教育学者是一人，教育行政者又是一人。这是近五六年来教育的趋势。如各人担任一个活的问题，或一人一个，或数人一个，延长研究下去，这问题总有解决的时候。若真多少年下去还不能解决，那恐非人力所能解决的了。

现时要研究的问题有教育行政、儿童、工具、课程种种。又如把科学应用到教育行政上去，课堂上教授是不是好的办法？教员、学生都太劳苦是不是有益的事情？

现在教育有两种：（一）如一个新学生坐在洋车上，叫车夫拉着拼命地跑几十里，结果自然是学生逸，车夫苦。但让学生自己再回来恐怕还是不能。（二）如一去不坐车，不识路就问警察，自然是辛苦一点，但走到回来时，包管包还能回来的。兹将教育重要部分略说一说。

（一）**组织** 此时课堂组织最好的有达尔顿实验室的方法（Dalton Laboratory Plan）。室中有种种杂志、图画，还有导师，任学生自由翻阅，与导师共同讨论，还要每礼拜聚会一次。这种法子到底好不好？可去试验试验。把各个学生试验了，测量了，假设其情形相同，是不是可得同一的结果？然后就知究为班级制好呢，还是达尔顿的方法好？又如研究习惯究为遗传的力量大呢，还是社会环境的力量大？把一对双生的儿童授以同样教育，看他们的差别究竟是哪个大。同时以同胞生的儿童授以不同的教育，再看他们的差异怎样？

（二）**教材** 以上法子也可应用教材上去。如我们所教的字是不是学生需要的，究竟何者为最需要？何者为次要？

何者为不需要？我们应来解决。现在有些需要的未有放到教科书里，有些不需要的反倒放入了。我们可以拿几百万字的书来测验，看哪一个字发现次数最多？其最多者为需要，其次多数发现者乃是次要。将发现多的给学生，而次多的暂不授予。还有一点要注意的，就是学生有一年、二年离校的，我们就得将最需要的教他。可是其中有个困难，或者最需要的字比较着难读难写些，但我们可以想法给他避免。有人说中国字难认，所以不识字的人很多，外国人也说将来怕不能与各国的文化竞争。其实不然，试看长沙青年会所编的《千字课》教授男女学生就知道了。他那里边有男生一千二百人，女生六百人，四个月将一千字授毕，每日仅费一点半钟。学生多半是商家学徒，而学生年龄以十二、三、四、五、六岁的居多。我觉着这一种办法，给我们一个好大的希望，今天拿来不过举个例罢了。

（三）**工具** 无斧不能砍木，无剪不能裁衣，无刀不能做厨子，无工具不能做教育的事业。教育工具可以从外国运的，可以从中国找的。从外国运来的第一是统计法。有了统计法我们可以比较，可以把偶然的找出个根本原理来，如同望远镜可帮助我们眼睛看得清楚，在材料中可找出一定的线索。所以统计是不可看轻的。第二就是测验。近来教育改进社要做二十四种测验，因为此种工具是不能从外国运的（就是运来也不适用）。测验是看学生先天的聪明智慧怎样？使学校有个好的标准，由此可晓得某级学生有什么成绩，如治病的听肺器一样，可以看出病来。欲知病之所在，非测量不可。测验也是如此，得要细细地看结果怎样。如办学的成绩都可测验的。但没有统计,也测不出来;没有测验,也统计不出来;二者是互相为用。如甲校一个学生花四十九元,乙校学生仅花四元半,我们就可测量他谁是谁不是。如测验得花四元半的能达到平常的标准,那花四十九元就太费了。反转过来,如花四十九元的刚好,那花四元半的未免太省了。这就是统计与测量互相为用的地方。总之,每人都存用科学方法去办教育的决心,每人都去研究或解决一个小的问题,我敢说不出三十年,中国教育准有好的成效。

长江流域平民教育运动之性质组织及方法

　　平民教育这件事，在中国已提倡了二十年，最初是教会里热心的人们去办的。他们做了一种由浅入深的课本，去施行教授。前清的简字运动，目的也是要使多数人得到文字的工具。现在中国各处人士，对于平民教育尤为注重。因中国现在是共和国了，共和国的人民，就要和衷共济，毫无隔阂。但如何沟通人民的意见，使之和衷共济呢？这就要靠文字的作用。五四运动以后，新文化勃兴，一般学生颇注重平民教育，故平民学校随处皆是。后来青年会聘请晏阳初先生提倡平民教育。晏先生于欧战时，在法国办过华工的平民教育，很有经验。回国以后，又在长沙、烟台、嘉兴三处，继续试验，很有成绩。这都可以说是局部试验的时代。至于全国的平民教育运动，是从十二年六月才开始的。那时朱其慧、晏阳初和知行等在上海组织中华平民教育促进会筹备会，随即在南京做第一次的试验。八月，又乘中华教育改进社年会之期，在清华学校开中华平民教育促进会总会成立会,各省均有两个代表列席。这两个代表,一个是由省教育会派的,一个是由省教育厅派的。总会成立后,应长江一带同志之要求,先在这些地方提倡。所以现在只说长江流域平民教育运动进行的状况和所有新的贡献。

(一)**性质** 现在的平民教育运动,是平民读书的运动。目的在使平民一面读一点书,一面得一点做人做国民的精神。从前的平民学校,课程颇多。现在的平民教育,学科倒很简单。因为若想达到的目的太多,恐怕结果无一件事可以办好。与其那样,不如先只把读书的目的达到,然后再说别的。但现在只教平民读书,也未必能纯粹得益。因为书只是一种工具,如一把刀,可以切菜,可以杀人,也可以自杀。现在乡下人不能读书,一旦到轮船火车上,或不致受一切海淫海盗的小说书报的害。倘能读书,虽在别的方面也能受益,然而就难免受害。我们要想平民读书,非但得其益处,且当注重于固有的精神如何发挥,固有的缺点如何补救。所以我们编辑教科书,就用故事的方法,使平民读一课之后,看看某人很好,自己就自然而然地愿意做那种人;看看某人很坏,自己就不愿意做那种人。这是把公民和读书的精神化合在一处,以培植其做国民的能力。现在这种平民教育运动,就是要使平民能够读书,而且要有做人做国民的精神。说到国民精神之培养,恐怕有些人要联想到国民常识之灌输。但国民之精神确要在此时养成,若枝枝节节的常识,则平日随地可得。我们在这个短少时间内,贵能给一把得常识的钥匙,教他们以后自己去用。故现在只教他们做人做国民的精神，而不教他们琐碎的常识。

（二）**区域** 今天演讲所包括的区域，就是南京、安庆、武昌、汉口、汉阳、芜湖诸地。他如无锡、苏州、上海，此刻也在进行，不过还未正式发表出来，不知其详细状况如何。

（三）**精神** 我要首先报告各地所表现之精神。平民教育范围很广，故推行之时，非全社会的人都来赞助参与不可。现在中国全国的人口数，有人说是三万万几千万，有人说是四万万，又有人说不止四万万，其实均无切实的调查统计，不过大家说四万万的人多罢了。今假定中国人口是四万万，以最小限度估计，其中八千万人能读书，还有三万万二千万人不能读书。我们要使这三万万二千万人都能读书，必须这八千万人都愿教书才行。在这些地方，有组织的军队、警察、商人、教员、学生和无组织的市民，都一同出来运动。至于各处游行的人数，安庆有一万七千余，武汉三镇有三万余，芜湖有一万余。在这些人中，有军队、警察、教员、学生、商团等等，分子异常复杂，对于其他各事，都很隔膜。然而对于平民教育运动，则能万众一心，协力合作，恰是人同此心，心同此理。这种全社会一致合作的精神，又非勉强得来，实是自然而然发现的。且大家对平民教育运动一来，非常欢迎，非常乐观。即如安庆一埠，在平民教育运动的前三天，警察和学生打了一架，弄得有些人头破血出，于是学潮大起，好容易才由几个人调解下去。过了三天，无论是打学生的警察，或是打警察的学生，为了平民教育，都来聚首一堂，笑嘻嘻的开会，一团和气的互助。我们很希望把这种精神传到全国去，使国人把一切意见不同的问题都放在脑后，而对于这件事大家起来合作。

（四）**组织上的特点** 凡事要有组织，才办得好，所以小事要小组织，大事要大组织。有人说：我们中国人，凡三人以上之团体，人愈多则力量愈小。这句话对与不对，我们姑且不管。但是现在中国的一般团体，总不能说组织能力不缺乏。我们要使不识字者识字，不读书者读书，这是何等重大的事体，所以更非有能力不可。这次平民教育运动，各地组织虽不尽同，然有几点是到处一致的，兹特述之如下：

第一点，各地均有董事部，且董事部均有继续的性质。董事人数从十一至二十三不等，每年改选几分之一，故不致每年完全换一种新的人来。我们觉得凡是新旧交替，往往很多阻碍，故现在董事之组织，采用此法。如每年改选三分之一的人数，则还有三分之二的人在这里，不致新来的毫不知道头绪，把从前未做完的计划，全行丢掉。

第二点，董事部要大家合作，不是一部分人可以包办的，所以希望各方面的领袖与富有能力的人物都出来加入。这种董事部，可以说是一个小社会。此次这些当董事的人，虽旁的事不能合作，对这件事却很一致。

第三点，有名誉董事的组织。凡是有热心又有时间做此事者，就延入董事部；若有热心而无时间做此事者，则请加入名誉董事部，以增加董事部的力量。在中国办事，有好多的困难。如一件事你不去办,则大家都不来办;而不包含他们进去,他们纵不积极地破坏,亦消极地防阻。我们为免陈此弊端起见,所以这次的组织就包含了这些人进去。

第四点,有干事专门来办事。因此事虽有社会帮忙,然也要有专司其事者,效率始能广大。故现在专门的机关,聘请专门的人来进行一切。

(五)现有学校在附近地方划定范围为该校推行平民教育之责任 在长江流域,我们希望赞成平民教育的学校和机关,在附近地方划一范围,或由本地促进会划分区域,特别叫这个学校或机关负责任。如经过一时期之后,这个范围以内,没有一个不识字的,就是这个学校或机关的成绩。反之,若查出尚有不识字的,则这个学校或机关亦必负其责任。即如以师大为中心,把东西南北四围定一界限,师大同人,则共同负责做去。但是这种办法还未彻底,何以说呢?因这个范围,是师大的人所共有的,但师大之中,有教职员,有学生,有夫役,我们所要找其负责者是哪项人呢?若说是学生,则学生之中,有姓张的、姓李的,究竟谁去负责呢?假定师大有一千同学,其中有五十位身体不大好,除了在学校读书之外,再不能增加别的负担,即或他们很热心,要来帮我们的忙,我们也要劝他们且慢一慢,须知来日方长,不必以身体为牺牲,匆匆来社会服务,而以大好之身手,留待来日重用,于是就除去五十人。假如还有五十人,上次考试成绩只得五十九分,仅少一分就不得及格;像这五十人,我们为顾全他们的学业,也劝他们不必出来，这又除去五十人。其他还有别的原因，假定又除去一百人，则先后除去二百人。一千人除去二百人，还有八百人。假如师大四周，有二千四百户人家，则每人仅担负三个人家；如四周有一千六百户人家，则每人仅担负两个人家；如四周有八百户人家，则每人只担负一个人家；这些分配好了，经过一时期之后，若那个门牌内，尚有不识字的人，就是那个担负这家的人的责任未尽做到。

我们研究学问，非只为增加一点个人的幸福，目的总是要改造社会。改造社会的范围甚广，大之全世界，小之一国家，再小一省、一县，再小即学校之四周，都是要改造的。虽改造社会要从远处着眼，但亦要从近处着手。大学校内的人，虽目的要改造大社会，然对学校以内与大学校附近的社会，最宜先加以改造。说到改造的方面，固然很多，如吃鸦片要改良，赌博要改良，打人骂人要改良，偷人东西要改良，不清洁要改良。不识字也要改良，即是把不识字的环境，化为识字的环境，很是具体的办法；且这件事办好了，又可以改良别的。这样，确定一学校机关对于附近平民教育之范围及责任，且对于学校或机关内之人更要负责，也是这次新发现的贡献。

（六）发现平民读书处　平民读书处的组织大纲和方法，前几天《晨报》上登载过，想诸君多已看过的。给人受教育，如同给人吃饭一样。给人吃饭的方法有二：第一就是开饭馆，谁要来吃饭的就来吃，如平民学校就是叫人来吃平民教育的地方。第二就是要在每个人家每个铺店内都有吃饭的处所，可以吃家常便饭；平民读书处设于每个人家铺店里，可以说是平民吃家常便饭的平民教育的地方。平民读书处之所以成立，是从两个根本观点上着眼的：1. 从社会需要上看；2. 从社会能力上看。

1. 从社会需要上看。如平民学校周围那些人，你问他们何以不都去平民学校读书呢？他们就要说：若看门的人去读书，则无人看门，主人家的东西或被强盗偷了；如抱小孩的人去读书，则小孩或跌倒床下或被拐；若做小生意者，为看守门面卖货起见，无论晚上八、九、十、十一或十二点钟关门，都一样的不能来。如国家要强迫他们来，则是有扰社会的常态生活。故平民夜学校只能达平民教育目的之一小部分，恐怕大多数的人，都不能去夜校读书的。故从社会的需要上看，平民读书处有设立之必要。

2. 从社会能力上看。究竟社会有无此能力呢？如教科书系用白话编者，则凡识字的人都可以教。识字的人可分为三等，即：a. 通；b. 半通半不通；c. 不通。在平民读书处，则不通者亦可教书。我曾经试验几百人，其中除普通人外，还有兵丁、洋车夫、号房、犯人、太太、小姐们，他们纵是不通，然而亦能教书。这也有个道理，如他们对于"国立北京师范大学"数字，一个字一个字是识得的，但几个字做成一句话，他们便看不懂，然读出声来，用耳一听，则又能够懂了。

如此，他们读一句通一句，就可教一句；读一课通一课，就可教一课；读一本通一本，就可教一本；读四本通四本，就可教完。但不通者教人，也要个法子才行。假若把不通者放在讲台上，则学生虽只百余人或数十人，甚至于十余人，他都不能教。这种班级教学非要学校出来的学生不可。不通者教人的法子，即教一个人时，同时又教他左边一个人和右边一个人。因为拿一本书自己单独看，则效力只及于一人，如把一本书摆在柜台上看，则五、六人都看得见，如此一个人可教六个人（但再多也只能教六个人）。如一家有七个人，其中有一个识字的人来教书，教了半点钟，又读了半点钟，他可通了；于是一教两，两教四，则家中无不识字的了。

平民读书处，试验已经两月，可取名字才一月，因到了南昌，才取这个名字的。这个名字定后，办起事异常顺利。四书有云："名不正则言不顺，言不顺则事不成。"吾今有以知其言矣。从前虽有同样的组织，可称谓则大不相同，叫作"连环教学法"和"辅导自学考试法"，觉得均不大妥当。

到了南昌，于同人会议时，始提出订正此名，亦犹小孩下地，必取一名字呼之。首先提出名字者，为江西省视学桂汝丹先生，他说此项组织，可取名"读书处"，我又说最好再加上"平民"两个字，于是大家即定为"平民读书处"。

桂君的历史很有趣，他做过县知事，现又任省视学，但名片上并无省视学、县知事或几等嘉禾章的头衔，只有"东桂村借贷社经理"数字。诸君想想：他何以要用这个头衔呢？就是因为他见他那一村的人，一天穷似一天，于是集合款项，贷给穷人，使他们不致负重利。他这种组织，纯是为平民着想的。现在他的名片上又加了一个头衔，就是："平民读书处处长"。

到了武昌。中华大学教授蓝少弥先生对此事很有兴味，某天教了四点钟书，人很倦了，于是出去，一点钟办了十三个平民读书处。

芜湖现定一年之内，要办一万个平民读书处。平民读书处设处长一人，以受过教育的充任，且一处处长，可兼任十处处长。平民每四个月可读《千字课》四册，读毕即可自由阅读白话书报杂志。凡四个月读满时，考试一次，考上者即给与"识字国民文凭"；如考不上者，则归家补习，过了四个月又来考；再考不上，再过四个月又来考；若一直考不上，则一直考到老。从前有考到七八十岁的状元，现在我们也有一直考到老的识字国民。

此次平民教育运动中，有五个大老读书：三个是六十五岁，一个是六十七岁，还有一个是六十九岁。

识字者教不识字者，结果也有好处，即教完时给与一张"平民教师文凭"，以奖励之。

五个人的平民读书处，一元钱就可以办得了，因为每个人买一部《千字课》，每部一角二分，五部只需洋六角（助教一部在内）；石板四个人每人一块，只花三四角，两者最多也不过花上一元钱。如此一元钱办一处，十元钱就可以办十处。平民读书处的名字，可由捐资人自定，自己要纪念自己的父母、亲戚可，要以自己的名字定之亦可。这样一元钱办一个平民读书处，一方既可为不识字的人造福，一方又可以做个纪念，这是何乐而不为的事呢？

北京现在已有了十九个平民读书处，恐怕再两天之内，就要有一百多个出现。

（七）**私塾里施行平民教育** 现在中国有一种学生最多，但此非官立、国立、省立、教会立、公立、私立各种学校的学生，也非大中小各级学校的学生，而乃私塾的学生。你试把全国学校的学生数合计，都远不及私塾学生之多。即如南京一处，现在有五百个私塾，一万多名学生。北京因为是国都的关系，学校教育很普及，私塾几乎没有，只有很少数的家塾而已。若广州则有一千多个私塾。此外越到内地，则私塾学生越多。我们如何才能省私塾学生的精力，就是要私塾也用《平民千字课》，而废止读《三字经》《百家姓》《千字文》等。但《论语》《孟子》，我们就不能说一概要废止，只能说先读《千字课》，而后读《论语》《孟子》罢了。如此始可免一般人之反对，而能多收学生。现在南京、安庆、南昌、武昌等处，都在做此项运动，而且已有正在试办的。

（八）**寒暑假乡村教育之办法** 平民教育运动是到民间去的运动。据估计中国每一百人中，有八十五个都在乡下，所以平民教育要到乡下去运动。在寒暑假的期间，各校学生回到本乡，都可以去办的。孔子说："十室之邑，必有忠信。"我们相信一百人中，总有些聪明的人。我们就把这些人集合拢来，每天教以《平民千字课》四课；每教完一次，就叫他们回去再教别人一课；假如教过的一人，可以另教四人，则教完五十人，就可以再教二百人，如此推行，恐怕不到一两年，就可以使全乡的人都识字了。所以利用寒暑假去推行乡村教育，是平民教育运动中的最好方法。

（九）**公署办平民教育** 这件事情，省行政官厅、省视学、道尹都很提倡。安徽省公署是第一个公署提倡平民教育的。公役统归教育科教育，卫队统归训练官教育。以后安徽的教育厅，南昌的教育厅、实业厅，武汉三镇那里的湖北督军公署，芜湖那里的皖南道尹公署、海关公署以及县公署，都是很热心这件事情的。现在的趋势，由省及于县，由县及于地方，各官厅都是很热心去计划办理的。

（十）省视学到各县提倡，县视学到各乡提倡的情形

在安庆有五个省视学，为了这件事，特别开会商议，已决定得有如何到各县推行的办法。在南昌有两个省视学，当时已经预备到各县去推广了。这是省视学承认到各县各城宣传和推广平民教育的情形。

（十一）此外，我还觉得中国现在有两件事急应进行

1. 中国人几千年历史传下来的观念，都是看重读书，看重读书人，但还未以不读书、不读书的人为可耻。须知看重读书与以不读书为可耻是两件事。现在急需造成一种舆论，以不读书为可耻。长江各省，大家也在尽力去宣传这件事。如像从前，不以小脚为可耻，现在经大家一提倡，渐以小脚为可耻了；于是脚小的人，都穿一双大点的鞋子，以图遮饰；本来脚小穿大鞋是很难于走路的，可是因为不穿就要被人耻笑，所以大家也就忍痛去穿了。所以我们非以不识字为可耻，则平民教育是决不易普及的。必至家中有一个人不能读书，学校夫役有一个人不能读书，或是学校附近区域内有一个人不能读书，则大家皆以为可耻了，则平民教育，庶乎有普及之望。

2. 读书要与饭碗发生密不可解的问题，这是最好的方

法。现在读书的人可找饭吃，不读书的人也可找饭吃，所以大家就以读书不读书为无关紧要的事。要解决平民教育这个问题，非使饭碗与读书发生关系不可。如安徽教育厅有二十一个夫役不识字，江彤侯厅长请我设法去教他们，我很欢喜，以为这是生平最好的差事。这二十一个夫役当中，有六个能够教人，有九个愿意读书；这九个之中，有六十五岁的两人；我才教了他们一课，就觉得很有兴味，比往常在大学教书还好多了。但是除了这十个人之外，还有六个未来。到了第二天，我就照实地报告他。厅长听了，他说："没来的有什么办法使他们来？"我说："你不如叫庶务员发个命令说：'从今天起，不读书的人，不得在本厅干事。'"他听了很以为然，就吩咐庶务员照样说了，于是不到五分钟之久，这六个人都来了，说是我们都愿意读书。这种办法，有人未免觉得有点过分，可是过了四个月，他们都能识字的时候，恐怕要感激这种办法了。

其次就是南昌商务印书馆的经理张雄飞先生，对于平民教育也非常提倡，曾办了一个平民读书处。他还说："过了六个月以后，若无'识字国民文凭'，无论哪一项人，均不得在本馆干事。"这种办法，对于推行平民教育，有很重大的价值。

现在我们欲请北京开通的人家、商家和机关，门首均各贴一启事，其大意就说：在民国十四年一月一日以后，若无"识字国民文凭"的人，不能在本处服务。这都是要以读书和饭碗发生关系的意思。

再其次就是芜湖地方，旅居的徽州同乡，请驻节芜湖的道尹，通令皖南二十三县，推行平民教育。其所条陈的办法中，有一点很有趣：即请道尹通令所属二十三县，通告各处人民，使知道一年以后，乡下人进城之时，城门口要派人拿四本书叫他们抽读几句；若他们读得了，就让他们进去；否则，就罚一个铜板；一年半后读不来的，就罚五个铜板；两年后读不来的人，就罚十个铜板；必如此才得进去。可一方从现在起，各区各乡都要准备推行平民教育。这又是要使读书和经济发生关系的意思。

现在所推行的平民教育，全国都有推行的趋势。自知有些方法，多有未当的地方，可总要一面研究，一面办理；一面办理，一面研究才好。所以我希望大家以研究教育的精神，起来办些试试看。我们现在很欢迎大家的批评，更欢迎做试验后的批评，尤其希望做我们实行和研究的同志。

这回我们到杭州灵隐寺，看见五百阿罗汉，都对着我们笑嘻嘻的。当时我就想到，若果他们能和我们一起办平民教育，则不难使全国不识字的人都识字了。今天在座的诸位，都是笑嘻嘻的，可是大家不是杭州那样的罗汉，乃是活罗汉。罗汉的职分，是要大发慈悲，救苦救难，超度众生。诸位的使命，是要为平民教育尽一点力，渐渐使学校周围的人，北京全城的人，以至于中国全国的人都能识字，都变成笑嘻嘻的，那就是我莫大的希望了。

平民教育运动与国运

平民教育的运动，自五四以后，已成为公同心理。同时，青年会方面，遂有发起开办平民学校。当欧战期中，有许多华工在法国，多半都是目不识丁者，生活上当然感受种种困苦。幸当时留美学生，曾注意及此，特推晏阳初先生等赴法，专为华工办平民夜校，以补救之。唯当时事属创举，诸感困难。所用教材，系由晏阳初自编的一千字汇，再三考虑，力求切要；教法亦诸费苦衷。所以为时虽短，成效尚佳。至他们回国以后，又继续试验，将他所编的一千字汇和陈鹤琴先生在国中所编的两相比较，中有八百字相同。后又经修改一次，就用此一千字编为九十六课，分成四本，预算四个期间，恰好可以教授完毕。准备既竟，即着手试验。

一、平民教育之试验时期

第一次在长沙试验，预备五年内，要把长沙全城不识字的人，使他们个个识字。所用的方法，第一是先把本地方各界领袖人物请来，开一大会，请以本地人才、本地经济来办理，然后分股办事。由每机关选出几位代表，筹备三个月，组织三种委员会：一为聘请教员的；二为招收学生的；三为寻觅校舍的。全城分为七十五区，每区都有一队委员来从事。费了三天工夫，得到男女学生二千三百人。由四月至七月，常来上课的有一千二百人。每天上课时间有一二小时，经此三个月后，结果有九百人，都能考得及格。

第二次是在烟台试验，规模较大，组织与在长沙差不多。

第三次是在嘉兴试验，组织上与上两次无异，功课亦相似，唯方法则加以改良，用幻灯来做教授的工具。灯中影片分三种：（一）图画；（二）功课本身；（三）生字。幻灯把字画放大，映于室壁，同时室中熄灯，使全体学生注意集中在影上；然后使大家对壁，看画述故事，见字读字音，目认形，耳听音，耳入而口出，使他口、耳、眼三部都有练习，所以就能写、能认、能读，并且很能引起他们的兴趣。看他们学生的反应，很有精神。当二个月以前，一字认不得的，到此都能写能认，比在长沙、烟台时，纯用教科书，已快得多。倘若教员方法好，口音大，同时能教一百五十人。当我去参观的那夜，适遇大风雨，到者一总也有六十七人，其中有木匠，有商店徒弟等等。他们都肯冒此大风雨而来，实为难得。此点也可以证明其成绩。每一教员担任二个月，两位轮流。此外，还有以学生当助教。他的任务，在登记学生的缺席及催促迟到或缺席者到校，并于学生中，选较聪明的，来助低能的学习，也很可以帮助教员的忙。照他们的办法看来，组织方面很可以取法。我相信在城市中，无论何处，都可以照办得到。但是若在乡村，则较为困难，因为在乡村中，要一二个教员来教数百学生，恐怕就发生问题了。

二、平民教育之创始时期

全国平民教育筹备会之沿起，自参观嘉兴第三次试验后，旋到上海，适熊秉三夫人来沪，遂与谈及平民教育几次试验的成绩与结果。熊夫人对于全国平民教育运动，夙具热诚，近年对于平民教育已有莫大之功绩。所以一谈之后，熊夫人遂愿以全副精神来提倡全国平民教育。此时遂介绍提倡并亲身试验平民教育之晏阳初先生与熊夫人相见，均认此事应有一种组织之必要。遂邀集黄任之、胡适之、袁观澜[①]、沈信卿等开了几次会议，结果遂组织一平民教育筹备会，并推选干事，分组办事，如发表宣言、起草计划等。

三、全国平民教育之计划

（一）**目标** 在厘定目标之前，首先须研究我国不识字

---

① 袁观澜，即袁希涛（1866—1930），字观澜，江苏宝山县（今上海宝山区）人。曾任北洋政府普通教育司司长、江苏省教育会会长、中华教育改进社董事等职。

者究竟有好多？吾人想达到的范围怎样？外国谓我国人百分之九十不识字，此固不确。现在中国学生共有六百九十几万，从有教育统计以至现在，大概共有学生十五兆至二十兆。而且中国人之识字，大都由于私塾。比如南京一城，即有五百多个私塾，学生有一万二千余人。广州一城有一千余私塾，学生有二万余人。愈进内地，则私塾愈多。据此敢言，我国私塾学生数不少于学校学生。假定私塾三年一换学生，则每过三十年，应有七十兆私塾学生。即以二十兆学校学生数相加，共得九十兆学生。在中国四万万人中有三万万一千万人不识字，虽不至百分之九十不识字，但不可谓少呵！再据上面几次的试验，知道来受平民教育者大概在十二岁以上、二十岁以下。此等岁数之学生，比较容易入学；并且教育的势力也容易达到；他们求学的热诚也要大一些。十二岁以上的儿童，正过国民教育时期，离做国民时候很近。所以此时期之教育非常重要，我们应当赶上去补一点教育，使他们发生积极的影响与国有益。这些人现在有一万万在社会上没有效力。若教育以后，可以增加一万万人的效力，可谓大矣！中国人最需要的有两种：1. 个人当有担负共和国民责任之能力。2. 用文字来做个人生活的介绍。所以应当要培养他们公民生活的能力，并给与增进个人生活的工具。

所以我们具体的目标，是要希望十年或五年以内，能使那十二岁以上、二十五岁以下一万万不识字的人，受一千字所代表之共和国民的基础教育，还希望学生年年增加。

(1) 十年计划

一年一百万学生。二年三百万。三年五百万。四年七百万。五年九百万。六年一千一百万。七年一千三百万。八年一千五百万。九年一千七百万。十年一千九百万。

(2) 五年计划

一年一百万。二年五百万。三年二千一百万。四年三千二百万。五年四千二百万。

(二) **进行之历程**

1. 城市与乡间的分配问题推行比例不同。第一年定90%在城市，10%在乡间。二年定18%在乡下，82%在城市。三年定50%在城市，50%在乡间。四年定30%在城市，70%在乡间。五年定100%在乡间。

2. 教员问题

A. 教师来源　根据几次试验，大概教师的来源是：(1) 小学以上的教职员；(2) 中学以上的学生；(3) 十六岁以上的高等小学生；(4) 四十岁以上受过小学教育者；(5) 私塾教员有教学能力者；(6) 平民教育第一期毕业生之成绩优良者；(7) 其他愿尽义务者。

B. 教师数目　照一人教一百个学生算，第一年要教员一万，第二年要五万，第三年要二十一万，以此逐年增加。然由平民教育卒业生二十至三十之中，选出一人为教师，则教师尚可勉强敷用。

C. 教师的训练　短期训练，农村采用巡回法；市区采用集中训练法。

3. 经费　照一百万学生计算。第一次算来，须有五千八百万元。第二次算，要一万万元。但照各地试验情形看来，教员仅需支付车马费，则有八千万元。我想已足敷用，即每生应费八角钱。而且经费之来源，照长沙、烟台等地的试验，皆由地方筹出。故以本地的钱办本地的事，教育本地的人，应有一可用之原则。但偏僻之乡村与蒙古、西藏等处，应另筹专款补助。

4. 教具　共需要三种：教科书，影片，挂图。对于教具，我们此刻最望：（1）有不愿赚钱而承印者；（2）印得快；（3）并且印得好。现以此三条件与商务书馆磋商，已承彼满意之答复。且谓不唯不赚钱，而且愿折本云。

5. 研究　教学法与教具组织应如何改良，校舍应如何利用等。

6. 试验学校　城市的、乡村的、妇女的、西藏的、蒙古的、华侨的试验学校。

7. 编辑

A. 应注意之点：

①基础单字一千（以陈鹤琴先生的为善）；

②复字配合；

③中国国语文法之重要变化都要包含在内；

④要注意平民文学，不可过于简陋；

⑤能帮助学生后来学习的字先教；

⑥注意省写字而酌量采用之；

⑦要定具体的目标；

⑧注意复习的原则；

⑨图画要与课本相符。

B. 应及早编辑之书：

①平民教科书；

②平民杂志报章；

③教师指南；

④第二期的平民教育课本。

8. 推广方法

（1）组织平民教育促进会，对于各省担任设立城市、乡村的平民试验学校，以做模范。将来希望各省、各县设立分会分担责任，专谋一省、一县平民教育之推广。

（2）当国内法团或教育团体开会时，派人去演讲鼓吹平民教育的重要。

（3）报纸上的通讯。

（4）与艺人中心人物谈话。

（5）联络社会团体一致努力。

（6）发行种种印刷品。

9. 毕业后之准备

（1）第二期平民教育——职业教育。

（2）平民教科书与杂志周报。

（3）平民日报与各种日报之平民副刊。

（4）设法补助优秀子弟升学。

关于《请求力谋收回教育权案》的修改意见

1924 年 7 月

中国教育应由中国人自办。美人好领袖，亦如此主张。去年美人 Russell 来华，亦主张此意。今日所以不能做到者，一因国力薄弱，二因善意帮助与侵略者皆有，不能一概抹煞。至留学生护卫所留学国家，此言不确。美某议员发言："赔款退还，美国可获种种利益。"当时即有人立起辩论，此款为不应取而退还，非为得利而退还。君发此言，必予查办。休谟先生宣言：教会不欲取赔款中分文。其大国精神如何？又大学校与中学以下学校情形不同，大学校不足以迷惑学生。知行亦出身教会学校，然自问对国家无愧。至于初等教育，知行曾向教会教育调查团发表意见，不希望教会办国民教育，至多可办试验学校。宣传宗教，不予注册，尚有一困难，若回教学校是否亦一律看待？今修改条文如下：

一、请求政府制定严密之学校注册条例，使全国学校有所遵循，而国家亦可负监督之责。凡外人籍学校实行侵略经调查确实者，应由政府勒令停办。

二、注册分甲乙两种。凡学校及与学校相类之机关，须一律经过乙种注册，即报告政府。凡学校按照政府所定课程最低限度办理并无妨碍中国国体情事，经视察无讹者得行甲种注册。

三、凡未经甲种注册之学校，不得享受已注册学校之一切权利。

四、凡未注册之学校学生不得享受已注册学校学生之一切权利。

【附录】

原提案办法

办法一：请求国会及教育部制定严密之学校注册条例，凡外人籍学校实行侵略或宣传宗教者，一律不予注册。

办法二：凡未注册之学校学生，不得享受已注册学校所享之一切权利，如购地与津贴等。

办法三：凡未注册之学校学生，不得享受已注册学校学生所享之一切权利，如文官考试、公费求学、转学及充教师、官吏等。

办法四：中小学教科书应将教育权之丧失列为国耻之

一，直至教育权完全收回之后为止。

办法五：凡不依学校注册条例注册之学校，应限期封闭，禁止招收新生。

中华教育改进社第四届年会感言

1925 年 8 月

今天为本社第四届年会开幕日,知行回顾一年来中国教育之经过,并观察本届年会之情形,很愿意乘本届年会开会的机会,把自己的感触和诸位同志谈谈。

这一年是近来中国最不幸的时期,也是中国教育最不幸的时期。全国国民简直是在天灾人祸、内乱外患里翻筋斗,大家弄得个朝不保夕。本社也是东倒西歪地随着大家翻筋斗,累了许多朋友代我们担忧。但纵然翻来翻去,我们是这样抱着我们的目标,得步进步的向前走。现在居然还是平平安安地开我们的第四届年会,可算是不幸之中之大幸了。

去年开年会的时候,中国教育界同人的精神是何等的融洽啊!过不多时,少数政客稍存私意,害得教育界一波未平,一波又起,甚至于多年知交从此不好意思见面。我们深望时间可以恢复他们从前之善感。我们深愿全国人士承认教育系国家之公器，断不能有丝毫私意存乎其间。我们还深望全体社员将本社之超然精神充分发扬。

自上海惨杀案发生，中国教育之优点、弱点都一起发现。举其要者，约有二端：（一）中国教育无论怎样腐败，确能培养爱国的觉悟。这种觉悟容或不是教员给他们的，容或是学生自己学来的。但自己学来的是更为有价值的教育。这一点能增加我们对于教育之信仰。中国要想得到国际上之平等地位，非办教育不可。（二）中国教育虽能培养爱国的觉悟，尚未能使此可宝贵之觉悟做最有效力的实现。如何使学生以冷脑宣导热情，做计划透达目标，运技能执行思想，是我们今后应当努力进行的一个方向。简单些说，如何可以达到爱国而不害国的目的，岂不是师生的共同责任吗？

谈到本届年会的特点，我们要指出的就是五族[①]的代表都到会了。记得第一届年会开会时，到会的只有满汉两族，以后每年加入一族，到今年西藏代表出席。可算是全家五个兄弟团圆了。我们深信五族教育之机会均等是五族合作、五族共和的基础。

第二，这次议案和讨论当中，有几件是关于国家百年大计的，我们断不能轻松放过。虽然我们所讨论的结果只是社会一部分的舆论；但舆论是事实之母，是不可不慎的。

第三，前几届年会的议决案依赖政府或他方面实行者居多数。倘使政府或他方面因故搁置，则议决案失其所依，虽议等于不议，虽决等于不决。我们对于政府及其他方面

---

① 五族，指中国的五大民族，即汉、满、蒙、回、藏。

虽不能放弃发表正当舆论之责，但最重要的还是我们同人的本身。凡我们本身单独或共同可以改进之事，似应得到我们最优先之注意。

第四，我们今年开会的地点是山西。山西是中国义务教育策源地。这次，山西同志赞助本社年会的将近二百人。他们对于此地实施义务教育多是亲见目睹、躬亲其事的人，必定对于我们有很好的指教。我们从山西应当带回去的礼物很多，但最重要的就是山西厉行义务教育的精神。我们能得到这种精神，才无负于山西之行。

中国教育政策之商榷

1925 年 8 月

国家运用教育以达立国之目的时，在天然与社会环境中，必遇种种助力与障碍。因助力与障碍而发生进行上之种种问题。解决此种种问题，必须预拟种种合乎实际情形之公式，俾能运用助力排除障碍以谋目的之贯彻。此种种公式谓之教育政策。中国教育政策因教育当局而变。教育当局或以无政策进，无政策退；或有政策而偏于主观，将全国之教育供一人之武断，流弊何堪设想！是宜集思广益，审查国情，确定全国公认之教育政策，以达国家建设之目的。今兹所提，实为个人之意见，志在引起教育同志之讨论批评，俾现代教育政策可以符合公意，早观厥成。此本讲所以出于商榷之意也。

政策一 正式学校教育为国家之公器，应超然于宗教、党纲之上。

政策二 培养国家观念、爱国实力及大国民之气概。

政策三 运用科学，征服自然，其道在选择有科学天才之儿童，加以特别训练。对于有科学天才之专家，予以研究机会，并以极尊荣之名誉，鼓励有关国计民生之发明。

政策四 训练人民，为本身及国家做最有效力及随机应变之组织。

政策五 灌输经济学识，俾人民明了经济学之基本原理，以应付现代之劳资问题。

政策六 对于已在职业界服务之人民，教以改良旧职业之学识技能。

政策七 厉行身教，以谋学风之整顿。

政策八 发展国民性及各省区人民之优点，以尽其特别贡献。

政策九 下级行政机关，应有自动进行之自由，并负切实办理之责任。高级行政机关，应建立最低限度之标准，并负督促指导、补助提倡、联络纠正之责。

政策十 用人以贤者在位、能者在职为标准。

政策十一 办理学务，必须有计划预算以为进行之指导。

政策十二 应兴应革事宜，必须根据客观的调查及分析的研究。

政策十三 增进并运用各种力量，以适应及改良各种需要。

政策十四 确定并保护渐进敷用之教育税，以应进化国家之需要。

政策十五 保护教育机会均等。

政策十六　各省区、蒙、藏应逐渐设立大学,至少一所。吸收硕学通才,以为产生文化、整理文化及主张正谊之中心。先着手设立文化院,以植大学之基。

政策十七　培植蒙贤治蒙,藏贤治藏,并培植五族共和之公民资格,以谋国内民族之合作。

政策十八　提倡以乡村学校为改造乡村生活之中心,乡村教员为改造乡村生活之灵魂。其具体办法,应设试验乡村师范学校以实验之。

政策十九　本国大学毕业后,始准留学。留学时至少必须有一年游历各国,以减少未来领袖思想上不必须之冲突。

政策二十　用批评态度,介绍外国文化,整理本国文化。

政策二十一　扶助交通,以利教育之推行。

政策二十二　鼓励专家研究试验符合本国国情适应生活需要之各种学校教育,以做学校化学校之根据。

学生的精神

　　知行此次因全国教育联合会事来湘，今天得与诸君见面，这是很愉快的。知行是世界的学生，诸君是学校的学生，今天是以学生资格，对诸君谈话。有些议论，也许诸君是不愿听的。但是"忠言逆耳利于行"，诸君或者能够原谅。

　　我现在要讲的题目，就是《学生的精神》。在我未说这题目之先，有点意思对诸君说一说：现在中国许多学生及一般教员，有一个很大的通病，就是容易"自满"。不论研究何种学科，只有相当的了解，即扬扬自得、心满意足。尤其是在过教员生活的，觉得自己处在教师地位，不必再去用功研究了。中国四书上有两句话说："学而不厌，诲人不倦。"这真真千古不灭的格言，并且是两句不能分开的话。因为要"学而不厌"，才能够做到"诲人不倦"。例如我们来教一班小学生，倘若自己全不加以研究，只照着别人编的书本，自己抄的老笔记，依样画葫的教去，当学生的，固然不能受多大的益，当教师的，也觉得不胜其烦，没有多大的趣味。如是的粉笔生涯，不能不厌烦了。倘若当教师的，自己天天去研究，有所得的，即随时输之于学生，如此则学生受益较多，即当教师者，也觉得有无穷的乐趣。所以学生求学，固然要"学而不厌"，就是当了教员，还是要继续的"学而不厌"。这可说是我现在要讲的"学生精神"的先决问题。

现在开始来讲《学生的精神》了。学生精神，大约分之为三点：

（一）**学生求学须具有科学的精神**　我们不论研究什么学科，总要看一个明白，想一个透彻，多发些疑问，切不可武断盲从。例如别人要我们信仰国家主义，我们必须明了国家主义的内容是否合于现代社会，才定信仰不信仰的方针。其他，社会主义亦然，无政府主义亦然……尤其我们研究科学之时，碰到一个问题来了，"知之则知之，不知则不知。"因为我们自己知道自己不知的地方，那还有能够知道的一日；倘若不知的而认以为知，那么，不知道的，终究没有知道的日子了；还可说是自己斩断自己求学的机能，所以我们学生求学，第一步就要有科学的精神。

（二）**要改造社会必具有委婉的精神**　我们在任何环境里面做事，不可过于急进。譬如园丁栽花木，倘只执一镰斧，乱砍荆棘，我相信花木，亦必随之而受伤。务须从旁着想，怎样才能使荆棘去掉，那么，非用委婉的功夫不可。改造社会，也是一样，尤其是我们学生，因为是领导民众的中坚分子，倘用乱刀斩麻的手段，必引起一般民众起畏惧之心，怎样还讲得社会改造？所以我们要社会改造，也需要用委婉的精神，走到民众前头，慢慢地领他们向前走，并且还要告示他们向前走的方法。如此才有社会改造的希望。不然，任你如何轰轰烈烈倡社会改造，社会还是不能改造的。

（三）**应付环境必具有坚强人格和百折不回的精神**　我们处在任何环境里面，必抱有坚强人格，不可自由摇动，尤其到了利害生死关头之时，必富有"富贵不能淫，贫贱不能移，威武不能屈"的气概。这才算得一个真正的大丈夫，真正的国民。现在中国一班学生——其实不仅是学生——在普通情形的时候，各人的性格，好像没有多大的区别。但到危急存亡利害相冲的关头，就看得清清楚楚，各人露出自己的本来面目。中国民众的不能团结，这就是一个很大的原因。所以我们处在任何的环境里面，坚强不摇的人格及不屈不挠的精神，决不能少的，尤其在我们学生时代。我现在要举一段历史例子给诸君听，就是明朝的方孝孺先生，当燕王棣篡位之时，使他草《即位诏》，他大书"燕王篡位"四字，因此被夷十族。当燕王篡位之时，势力胜过现在的任何军阀，但不能压迫方先生一笔锥。可见方先生的人格及不怕死的精神，真令人钦佩而尊敬，亦可证明读书人不可忘掉气节。

学生的精神，大概分为上列三点。我觉得在今日的学生中，亟宜注意的。因时间仓促，说得不周到处，请诸君原谅！

学做一个人

我要讲的题目是:《学做一个人》。要做一个整个的人,别做一个不完全的人。中国虽然有四万万人,试问有几个是整个的人?诸君,试想一想:"我自己是不是一个整个的人?"

《抱朴子》上有几句话:"全生为上;亏生次之;死又次之;不生为下。"但是何种人不算是整个的人呢?依我看来,约有五种:

一、残废的——他的身体有了缺欠,他当然不能算是整个的人。

二、依靠他人的——他的生活不是独立的,他的生活只能算是他人生活的一部分。

三、为他人当作工具用的——这种人的性命,为他人所支配,没有自己独立的人格。

四、被他人买卖的——被贩卖人口者所贩卖的人,就是猪仔;或是受金钱的贿赂,卖身的议员,就是代表者。

五、一身兼管数事的——人的一份精神只能专做一件事业，一个人兼了十几个差使，精神难以兼顾，他的事业即难以成功，结果是只拿钱不做事。

我希望诸君至少要做一个人；至多也只做一个人，一个整个的人。

做一个整个的人，有三种要素：

一、要有健康的身体——身体好，我们可以在物质的环境里站个稳固。诸君，要做一个八十岁的青年，可以担负很重的责任，别做一个十八岁的老翁。

二、要有独立的思想——要虚心，要思想透彻，有判断是非的能力。

三、要有独立的职业——要有独立的职业，为的是要生利。生利的人，自然可以得到社会的报酬。

我觉得中学生有一个大问题，即是"择业"问题。我以为择业时要根据个人的才干和兴趣。做事要有快乐，所以我们要根据个人的兴趣来择业。但是我们若要做事成功，我们必要有那样的才干。

我曾作了一首白话诗，说人要有独立的职业：

滴自己的汗，吃自己的饭。
自己的事，自己干。
靠人，靠天，靠祖先，都不算好汉。

现在我们专讲"学"和"做"二个字，要一面学，一面做。"学"和"做"要连起来。英语 Learn by doing，也就是这个意思。我们要应用学理来指导生活，同时再以生活来印证学理。

将来诸君有的升学,有的就业,但是为学的方法全要研究。学农的人要有科学的脑筋和农夫的手;学工的人,也要有科学的脑筋和工人的手,这样他才可以学得好。

我希望到会的个人,是四万万人中的一个人。诸君还要时常想:

中国有几个整个的人?

我是不是一个整个的人?

我们的信条[1]

1926 年 11 月 21 日

《我们的信条》虽是我用笔写的,但不是我创的。我参观诸位先生在学校里实际的工作,心里不由得起了好多印象,积起来共有十八项,我就依着次序编成这套信条。所以这是诸位先生自己原来的信条,早已接受实行,今日只是大家共同温习一遍,并下定决心,终身奉行,始终如一。

我们从事乡村教育的同志,要把我们整个的心献给我们三万万四千万的农民。我们要向着农民"烧心香"。我们心里要充满那农民的甘苦。我们要常常念着农民的痛苦,常常念着他们所想得的幸福,我们必须有一个"农民甘苦化的心"才配为农民服务,才配担负改造乡村生活的新使命。倘使个个乡村教师的心都经过了"农民甘苦化",我深信他们必定能够叫中国个个乡村变作天堂,变作乐园,变

---

[1] 本文是陶行知在中华教育改进社特约乡村教师研究会上的演讲词,于 1928 年收入作者自选教育论文集《中国教育改造》。

作中华民国的健全的自治单位。这是我们绝大的机会，也就是我们绝大的责任。

一、我们深信教育是国家万年根本大计。

二、我们深信生活是教育的中心。

三、我们深信健康是生活的出发点，也就是教育的出发点。

四、我们深信教育应当培植生活力，使学生向上长。

五、我们深信教育应当把环境的阻力化为助力。

六、我们深信教法学法做法合一。

七、我们深信师生共生活、共甘苦，为最好的教育。

八、我们深信教师应当以身作则。

九、我们深信教师必须学而不厌，才能诲人不倦。

十、我们深信教师应当运用困难，以发展思想及奋斗精神。

十一、我们深信教师应当做人民的朋友。

十二、我们深信乡村学校应当做改造乡村生活的中心。

十三、我们深信乡村教师应当做改造乡村生活的灵魂。

十四、我们深信乡村教师必须有农夫的身手、科学的头脑、改造社会的精神。

十五、我们深信乡村教师应当用科学的方法去征服自然，用美术的观念去改造社会。

十六、我们深信乡村教师要用最少的经费办理最好的教育。

十七、我们深信最高尚的精神是人生无价之宝，非金钱所能买得来，就不必靠金钱而后振作，尤不可因钱少而推诿。

十八、我们深信如果全国教师对于儿童教育都有"鞠躬尽瘁死而后已"的决心，必能为我们民族创造一个伟大的新生命。

再论中国乡村教育之根本改造[1]

1927年1月3日

今天所要讲的,是关于我们中国的根本问题,便是中国乡村教育之根本改造。中国估算有一百万个乡村,如欲教育普及,一个乡村至少有一个学校,一个学校至少要一位教员,而且要好教员。但是,中国向来所办的教育,完全走错了路:他教人离开乡下向城里跑,他教人吃饭不种稻,穿衣不种棉,盖房子不造林。他教人羡慕繁华,看不起务农。他教人有荒田不知开垦,有荒山不知造林。他教人分利不生利。他教人忍受土匪、土棍、土老虎的侵害而不能自卫,遇了水旱虫害而不知预防。他教农夫的子弟变成书呆子。他教富的变穷,穷的格外穷;强的变弱,弱的格外弱。像这种教育,大家还高唱着要教育普及,真是痴人说梦。其实,这种教育决不能普及,也不应该普及。前面是万丈悬崖,同志们务须把马勒住,另找生路。生路是

---

[1] 本文是陶行知1927年在上海青年会的演讲。

什么？就是建设适合乡村实际生活的活教育！

不过，活的乡村教育，必须要有活的乡村教师。活的乡村教师必须有三个条件：第一有农夫的身手；第二有科学的头脑；第三有改造社会的精神。他的功效：一年能使学校气象生动，二年能使社会信仰教育，三年能使科学农业著效，四年能使村自治告成，五年能使活的教育普及，十年能使荒山成林，废人生利。这样，教师就是改造乡村生活的灵魂。活的乡村教育要有活的方法，活的方法就是教学做合一：教的法子根据学的法子，学的法子根据做的法子；凡事怎样做就怎样学，怎样学就怎样教。比如种田这件事，要在田里做，就要在田里学，也就要在田里教。活的乡村教育要用活的环境，不用死的书本。他要用环境里的活势力，去发展学生的活本领——征服自然、改造社会的活本领。他其实要叫学生在征服自然、改造社会上去运用环境的活势力，以培养他自己的活本领。活的乡村教育要教人生利，他要叫荒山成林，叫瘠地长五谷。他教人人都能自立、自治、自卫。他要教乡村变为西天乐国，村民都变为快乐的活神仙。

以后看学校的标准，不是校舍如何、设备如何，乃是学生生活力丰富不丰富。村中荒地都开垦了吗？荒山都造成了林吗？村道已四通八达了吗？村中人人都能自食其力吗？村政已经成了村民自有、自治、自享的活动了吗？这种活的教育，不是教育界或任何团体单独办得成功的，我们要有一个大规范的联合，才能希望成功！那应当联合中之最应当联合的，就是教育与农业携手。中国乡村教育之所以没有实效,是因为教育与农业都是各干各的,不相闻问。教育没有农业,便成为空洞的教育,分利的教育,消耗的教育。农业没有教育,就失了促进的媒介。倘有好的乡村学校,深知选种调肥、预防虫害种种科学农业,做个中心机关,农业推广就有了根据地、大本营,一切进行,必有一日千里之势。所以第一要教育与农业携手!那最应当携手的虽是教育与农业,但要求其充分有效,教育更须与别的伟大势力携手。教育与银行充分联络,就可推翻重利;教育与科学机关充分联络,就可破除迷信;教育与卫生机关充分联络,就可预防疾病;教育与道路工程机关充分联络,就可改良路政。其他不胜枚举。

总之,乡村学校是今日中国改造乡村生活之唯一可能的中心!他对于改造乡村生活的力量大小,要看他对于别方面势力联络的范围多少而定。乡村教育关系三万万四千万人民之幸福!办得好能叫农夫上天堂,办得不好能叫农夫下地狱。

现在我们在南京已经开始进行了,决定创办一所试验乡村师范学校。他的目的,是依据乡村实际生活造就乡村学校教师、校长、辅导员的地方。因为要有好的学校,先要有好的教师。好的教师有生成的,有学成的。生成的天才不可多得,简直是凤毛麟角,恐怕一百万位乡村教师当中,有九十九万九千九百位是要用特殊的训练把他们培养成功的。有了好教师,就算是好的乡村学校;好的乡村学校,就是改造乡村生活中心。现在中国有极少数乡村学校确是朝着这条路走,他们的精神,确是要令人起敬。如南京燕子矶小学、尧化门小学、明孝陵小学和无锡开原一校等，都是著有成绩的乡村中心小学。中心小学以乡村实际生活为中心，同时又为试验乡村师范的中心。平常师范学校的小学叫作附属小学，我们要打破附属品的观念，所以称他为中心小学。中心小学是师范学校的主脑，不是师范学校的附属品；中心小学是师范学校的母亲，不是师范学校的儿子；中心小学是太阳，师范学校是行星。师范学校的使命是要传布中心学校的精神方法和因地制宜的本领。我们这个学校正在积极筹备，决定三月十五日开学——开学期即为开工期——所要考的有五样东西：（一）农事或土木工操作一日；（二）智慧测验；（三）常识测验；（四）作国文一篇；（五）三分钟演说。该校各科教师都称为指导员，不称为教员，他们指导学生教学做，他们与学生共教、共学、共做、共生活。不但如此，高级程度学生对于低级程度学生也要负指导之责。我们准备了田园二百亩供师生耕种，荒山十里供师生造林，以最少数经费供师生自造茅草屋居住。每个茅草屋居住十一个人——十位学生和一位指导员。里面有阅书室、会客室、饭厅、盥洗室、厕所，屋外后面附一个小厨房，厨房之后有一小菜园。但是，茅草屋没有造成之前，大家都住在童子军式帐篷里，谁的茅草屋没有造好，谁都要住在帐篷里。十一个人都要受住茅草屋指导员的指导，按照图样建造一个优美的、卫生的、坚固的、合用的、省钱的茅草屋。个个人都要参加，都要动手。教师不但是教书，学生不但是读书，他们是到这里来共同创造一个学校。从院长起以及到学生，谁不能造成茅草屋，谁就永久住在帐篷里。所有一切建筑都是茅草屋，除宿舍外，还有图书馆、科学馆、教室、娱乐室、操室、浴室、陈列所、医院、动物院以及指导员家属住宅，都要逐渐使他们成立，但总依据茅草屋的形式建筑。简括起来：试验乡村师范的精神，可以拿本校校旗之意义来代表，旗之中心有一个小圆圈，里面有个"活"字代表所要培养之生活力；圈外有个等边三角，代表教学做三者合一；三角上面有一个"心"字放在当中，表示关心农民甘苦之意，左边有一支笔，右边有一把锄头；三角之外有一大圆圈放射光芒，好比是太阳光；四面有一百个金色星布满全旗，代表一百万个学校，改造一百万个乡村，使个个乡村都得到光明，合起来造成中华民国的伟大的光明！

总之，乡村教育的生路是：我们要从乡村实际生活产生活的中心学校，从活的中心学校产生活的乡村师范，从活的乡村师范产生活的教师，从活的教师产生活的学生、活的国民。

临了，我还要把我们上月在南京开会所议决通过的信条也顺便说一说：（一）我们深信教育是国家万年根本大计；（二）我们深信生活是教育的中心；（三）我们深信健康是生活的出发点，也就是教育的出发点；（四）我们深信教育应当培植生活力，使学生向上长；（五）我们深信教育应当把环境的阻力化为助力；（六）我们深信教法学法做法合一；（七）我们深信师生共生活共甘苦为最好的教育；（八）我们深信教师应当以身作则；（九）我们深信教师必须学而不厌才能诲人不倦；（十）我们深信教师应当运用困难,以发展思想及奋斗精神;(十一)我们深信教师应当做人民的朋友;(十二)我们深信乡村学校应当做改造乡村生活的中心;(十三)我们深信乡村教师应当做改造乡村生活的灵魂;(十四)我们深信乡村教师必须有农夫的身手,科学的头脑,改造社会的精神;(十五)我们深信乡村教师应当用科学的方法去征服自然,用美术的观念去改造社会;(十六)我们深信乡村教师要用最少的经费,办理最好的教育;(十七)我们深信最高尚的精神是人生无价之宝,非金钱所能买得来,也就不必靠金钱而后振作,尤不可因钱少而推诿;(十八)我们深信如果全国教师对于儿童教育都有鞠躬尽瘁死而后已的决心,必能为我们民族创造一个伟大的新生命。这十八则就是"我们的信条"。

　　我已经随便地讲了不少,如今再具体地做一结束如下:我们教育同志,应当有一个总反省、总忏悔、总自新。我们的新使命是要征集一百万个同志,创设一百万个学校,改造一百万个乡村。我们以极诚恳的意思,欢迎全国同胞一齐出来,加入这个运动!赞助他发展,督促他进行,一心一德地来为中国一百万个乡村创造一个新生命,叫中国一个个的乡村,都有充分的新生命,合起来造成中华民国的伟大的新生命。

晓庄试验乡村师范学校创校概况

1927 年 8 月 14 日

我们中国现在正是国民革命的势力高涨之秋。惟既有国民政治上的革命,同时还须有教育上的革命。政治与教育原是不能分离的,二者能同时并进,同时革新,国民革命才有基础和成功的希望。

本校是于本年三月开学,当时宁地战事风云正急,三路交通,俱已断绝。而各同学冒危险,自上海、镇江、安徽、浙江、江西相继前来,本校遂得于枪林弹雨中如期开学。自开校迄今,屡经战事及其他变故,故现在设备及其他一切,俱觉不很完备。

本校的办法,是主张在劳力上劳心。本校全部生活,是"教""学""做"。教的法子根据学的法子,学的法子根据做的法子。我们的实际生活,就是我们全部的课程;我们的课程,就是我们的实际生活。我们每天早晨五时有一个十分钟至十五分钟的寅会,筹划每天应进行的工作,是取一日之计在于寅的意义。寅会毕，即武术。本校无体操课，即以武术代。上午大部分时间阅书。所阅之书，一为学校规定者；一为随各个人自己性之所好者。下午工作有农事及简单仪器制造、到民间去等。晚上有平民夜校及做笔记、日记等。这是本校全部大概的生活。

现在有一点我们应当注意的，就是以前的教育，都是像拉东洋车一样。自各国回来的留学生，都把他们在外国学来的教育制度拉到中国来，不问适合国情与否，只以为这是文明国里的时髦物品，都装在东洋车里拉过来，再硬灌在天真烂漫的儿童的心坎里，这样儿童们都给他弄得不死不活了，中国亦就给他做得奄奄一息了！我从前也是把外国教育制度拉到中国来的东洋车夫之一，不过我现在觉到这是害国害民的事，是万万做不得的。我们现在要在中国实际生活上面找问题，在此问题上，一面实行工作，一面极力谋改进和解决。本校全体指导员及同学，都是抱有这样一个目标，所以毅然决然地跑到这个荒僻的乡下来。我们认定必须这样，将来中国的新教育才能产生呢！

以上是报告本校大概情况。敝校创办伊始，有许多不对的地方，现在请各位来宾先生们详细地批评和指导。

平等与自由

中山先生解释平等意义，有很大的贡献。他说，世界上有真平等、假平等、不平等。什么是不平等？帝、王、公、侯、伯、子、男、民的地位是一步一步地高上去。我的脚站在你的头上；你的脚又站在他的头上。这是叫作不平等，现在要打倒这种不平等，那是应当的。但是打倒不平等的人，往往要把大家的头一齐压得一样平，变成平头的平等。殊不知头上虽平，立足点却是不能平了。好像拿可以长五尺长的树，三尺长的树，一丈长的树，一齐压得一样高，一齐压得一样平，岂不是大错吗？这种叫作假平等。真平等是要大家的立脚点平等，你的足站在什么地方，我的足亦站在什么地方。大家在政治上站得一样平，经济上也要站得一样平。这是大家的立脚点平等，这才是真平等。

中山先生之解自由，没有他解释平等那样清楚。但他有一点说得很好。他说："中国人不是不知道自由，中国人的自由，实在是太过了。"所以他不用自由做口号，而用民族、民权、民生做标帜,与梁任公先生的维新,以自由为口号,是完全不相同的。外国人说:"中国人不知自由。"然而外国人哪里知道他们的自由,远不如中国呢!

按中山先生的意思,说到自由,是要求国家之自由。国民革命成功之后,团体能自由,个人不能自由。中国之所以弄到这个地步,就是因为大家私人的自由太过,不注重国家之自由,团体之自由。私人的自由既然太过,则各人有各人的主张,所以中国人大多数是无政府党。我们中国人骨髓里都含有无政府主义。这种无政府主义的倾向,往往在不知不觉中流露出来。比如蔡元培、吴稚晖总算是忠实的国民党员,但是在不知不觉的时候,难免要流露无政府主义的色彩。……①我们想到国家危险时,固然是要自抑私人之自由,但在不知不觉中,难免不爱享过分之自由。我们于不知不觉中,都有无政府主义的倾向。现在我们要救中国,亟当抑制个人之自由,切不能火上加油地提倡一盘散沙的自由了。这是革命未成时所不得不采之政策。

但是,革命成功以后个人可以不要自由这句话,我很怀疑。因此我常想着什么地方要自由,什么地方不要自由。我又想到种山芋时所得的感想。我问邵德馨先生山芋如何栽法?他告诉我说:"底下可以安根,上面可以出头,山芋乃可活。"因此,我忽然悟到人生"出头处要自由"。如树木有长五尺长的,一丈长的,十丈长的;树的出头处是要

---

① 此处略有删节。

自由的。如果我们现在只许树可以长五尺，不许他长一丈与十丈，那世界上不是无成材了吗？因此我们要使他尽他的力量自由长上去。我们人类的智、愚、贤、不肖，也如树木有能长十丈长的，有能长五尺长的，这是天生成的。如果你把五尺长的，拔到一丈，因为他的力量不足，是要死的；如果你把一丈的压到五尺，因为他受了过分的压制，也是要死的。倘若不死，必是他的内力胜过压力，那压力必定是要被撞穿了的。

个人如此，团体、国家之自由解释也是如此。如果国家的力量能够进步到什么程度，就尽它的力量进步到什么程度，谁也不能压迫的。如今中国受列强压迫，不许我国尽量出头。我们不愿被压力压死，就得使劲把压力撞破。个人能否得到出头的自由，是在乎个人之反抗与努力；国家能否得到出头的自由，那就非靠民众之努力与奋斗不可了！

近来我替友人书了一联，联道："在立脚点谋平等；于出头处求自由。"上联是本着中山先生之学说；下联就是本着我的自由解释。在沪时，我把这意思与胡适之先生也谈论过的。他说："思想、事业，要在困难与不自由的时候，才能奋发振作。"颇与我们的标语"教师应当运用困难以发展思想及奋斗精神"相同。他用烧肉来比，他说："烧肉要把锅盖盖得紧，才能熟。你要出头自由，我要出头不自由。"当时我反驳他说："（一）锅里的肉，是死的，出头不出头没有多大关系。（二）我们愿肉受压力是为肉的幸福呢,还是为我们口腹之欲呢?"凭借困难,培养人才,当然是最好的教育法。但是困难是否要在出头处压下去,是一问题。现在我仍旧坚信出头处要自由,但为使诸位同学明了各方面意见,并将胡适之先生的意思举出来,希望大家加意研究。

中国乡村教育运动之一斑[①]

一、中国乡村教育为什么值得注意？

中国是著名的农业国。据最普通的估计，中国农民占全国人口总数之百分之八十五，这就是说，全国有三万万四千万人民住在乡村里，所以乡村教育是远东一种伟大之现象。凡关心世界问题的人们，决不至忽略这种的大问题——无论办得好不好，中国的乡村教育关系全世界五分之一的人民。

二、中国现在的乡村学校

中国现在的乡村学校，老实说起来，确实不能适应乡村的需要。他们给儿童唯一的东西是书本知识，他们从来不知道注意到农人的真正的需要。这样教育，使农村社会减少生产量，使农人富的变穷，穷的变得格外穷。这使人

[①] 本文是陶行知作为中国代表致送加拿大世界教育会议的报告之一。

最不满意，所以改造农村教育的呼声，到处都可以听得到了，一个新纪元正在放射曙光咧！

三、新运动志在建设与创造

最近几年来，中华教育改进社拟订了改造中国乡村教育的计划，要使乡村教育适应中国乡村生活的需要。办这样教育的人们，都抱着研究的态度、科学的精神，以实际乡村生活，做他们探险的指南针。他们下了决心不再墨守旧法或抄袭舶来货，去重演削足适履的把戏。

现在中国正在产生新生活，占全国最大多数的农民自当得着相当训练去参加这种新生活。从前的旧传统和外国制度已经不适用，非抛弃不可，那新的方法更不期然而然地要产生了。所以中国现时的乡村教育运动是适应新农民生活需要而来的。这种新运动可以肯定地说，是志在建设与创造的。

四、实现新运动的三个时期

这种新运动要想整个地实现出来，须分三个时期：第一时期——也可以说是最重要时期——是试验期。在这时期里，我们要设立各种试验学校去试验关于乡村教育种种方法和材料。第二时期是训练期。根据试验所得的结果，训练许多合于乡村生活的教师和其他有效的人才。第三时期是布种期。依据受过训练人才的多寡从事推广，使乡村教育可以布满全国。

五、中心小学是什么？

这个新运动的出发点是开办中心小学。我们所以叫它为中心小学的意义有三：第一，以乡村生活为学校生活的中心；第二，以学校为改造社会的中心；第三，在这所学校本身已经办得有成绩了，可做训练师资的中心。现在中华教育改进社有三个中心小学：第一中心小学在燕子矶，是特约的，这所学校有六级，是一所单式编制的完全小学；第二中心小学在尧化门，也是特约的，它是用复式编制的；第三中心小学是自办的，叫作晓庄小学，是单级小学，全校只有一位教师。

以上三个中心小学，虽然因为各地需要的不同，而办法也有许多差异，但是他们确有几个共同之点：

第一，他们对于教育与人生有共同的信仰。他们以乡村生活为学校生活的中心，同时以学校为改造乡村的中心，并为小的村庄与大的世界沟通的中心。

第二，他们对于方法有共同的原则。他们的信条是："在劳力上劳心"，"手到心到"，以实际的工作为教学的中心。

第三，他们深信工具是教育的要素。人生教育须在人生工具上求实现。真的教育是教人发明工具、制造工具、运用工具。明了这点，就可以知道，书籍不过是人生工具的一种，不是人生唯一的工具。

第四，全校的费用是很经济的。他们的经费与邻近小学比起来是差不多的。他们要试验出最经济的标准，使各处的小学都很容易做到。因为在中国的教育经费现状之下，费用少的好小学比费用多的好小学，效力要大得多。

第五，学校既是乡村的中心，教师便是学校和乡村的灵魂。教师的人格影响于学生和乡村人民很大。他们有三个共同的资格：

（一）他们有农人的身手，他们都能够做农人的工作。第一，他们因此可以了解农民的困苦艰难和一切问题，并且容易做他们的朋友，帮助他们；第二，他们有了农人的身手，便可以利用闲暇时间做园艺等工作，像他们这样低额薪俸，种园一事，不无小补；第三，他们有了农人身手，在乡间便有用武之地，因此便多办学之乐而少办学之苦。

（二）他们有科学的头脑，他们是虚心的，好观察和尝试。他们对于科学农业和科学上其他的新发明，都感到浓厚的兴趣，并且他们很切心希望把这些科学常识介绍给农人。这是乡村教师最应当有的态度。如此，才能控制一般农民社会的守旧性。

（三）他们有改造社会的精神，他们把自己的小学变成发电机，拿电力送到农家去，使家家发出光明来。虽然全校只有一个教师，也不觉得孤单寂寞。因为每个学生都是活的电线，把学校和社会连接起来了。我们深信学校的唯一功效，就是能使全数村民都能安居乐业，爱乡救国。

六、中心小学的活动

要想把中心小学整个地表现出来，最简单的方法是叙述他们一天的活动。乡村儿童真是像早起的小鸟，寻常在六点钟的时候都到学校里来了。他们第一件活动是整理学校。教师和学生同做：抹桌、扫地、擦窗……每个人担任一处地方，大家一齐做起来，不消半小时，把全校都收拾得清洁可爱了。在轻视儿童做实际生活的人们看起来，以为我们的中心小学教学生做下贱的工作。但是，同时也有人说："这种学校因为教育经费不裕，不得不自己操作，倒获得了生活上必需的技能。"

第二是晨会。晨会里的活动有升旗、唱歌、校长或教师谈话，散后学生方才到课堂里去。"清洁检查"是极重要的，教师和年长的学生共同执行。检查学生的脸部、眼睛、牙齿、手指等等。倘若在家里洗得不干净的，就罚他在学校洗干净。

这些活动完毕以后，就开始别种活动。无论读法、算术、写法，都和乡村生活或其他教材联络的，这些学校要乘各种机会运用文字到实际生活需要上去。例如：有一个不识字的乡人，要求学校替他写一封信，教师就请年长的学生来写。经过教师的修正，便选那最好的交给乡人。这样的写作都给相当的分数。

放午学半小时之前，教师或年长的学生，用故事式体裁对学生报告国家大事，或乡民须合作的事情。这种报告必须学生回去说给家里人听，再将家里人听了以后的反应报告到学校里来。

我们可以用灭蚊子的方法来做自然科的例子。教师事前指导学生搜集各种蚊子各期变化的标本，装在玻璃瓶里，逐步加以说明。因此儿童知道蚊子的变化和人生的关系。同时教师又指导学生知道吃蚊子的虾蟆等等动物，认它们为友军，从事扑灭蚊子的运动。

园艺是重要活动之一，有两种工作：学校设计与家庭设计。在这里我们必须叙述实行这种工作的困难。第一，农民反对教师率领儿童做学校园艺工作。他们说："我们送孩子来是读书的，不是做工的。"许多乡村教师所以失败，就是这个缘故，我们是预先料到的。事先，我们邀请了许多学生的父母，对他们说："我们想教儿童根据地上的出产，教他们读，教他们写，教他们算，使他们所能种的都会读、会写、会算，所以要种园。地上的出产他们可以带回家去，或是卖给人家。"经过这样解释，父母都赞成学校的举动了，学校的计划也就前进无碍。第二个困难是发生于单级小学里的。单级小学里学生的年龄、能力都参差得很多，在田里当然发生困难了。但是我们用了分工法做去，各个儿童都依着自己的能力忙于自己的工作，困难竟减少了。

手工科包含修理校具、校舍和制造教具、校具。教师带着学生做木工和泥水工，是学校很重要的手工。简单的科学器具，也是自己做的。

卫生科是巡回医生来指导的。学校教师跟着医生做检查沙眼、布种牛痘等简单医术，成效都很好。这几所学校里每人都有单独的手巾、牙刷、茶杯。我们希望不久再添聘巡回看护士。

团体的设计，可以用欢迎会来做例子。学生知道有学问的客人来了，一群学生和一位教师便开一个谈话会，筹备怎样欢迎客人。他们推举一个学生做主席，一个学生做记录，编拟开会节目，指定各人的工作。他们又推定二个学生写请柬，二个学生送信邀请客人。以上的工作在半小时以内都做完了。过了一刻，客人来了，依着拟定的秩序单——致欢迎词，奏乐，来宾演说，致答词，全体唱歌……一件一件地实行下去。临了，学生还替全体摄了一张影。

校舍是公开的，给全体村民用。信用合作社、农产物展览会、村民武术会、村民结婚的礼堂和赛会的会场都可以借用学校的校舍场地。到了夜里还开办村民夜校，夜校也是教师来主持的。

中心小学的教师实在太忙了，到了夜里当然要想休息，所以另外想出方法来办理夜校。一个乡村里，必定有几个很能干、很肯为公众服务的人，教师就请他们来帮忙。这个计划倘若实行以后，就可增加很多的优良教师，在燕子矶试验这个方法，成效很好。现在我们要编一种农民千字课，专为乡民用的，每天花一小时的工夫，四个月以后，大都能读平民报，写普通的信。这样做去，乡村学校不但能给儿童教育，也可以教成人呢！

七、乡村中心幼稚园

在中国乡村里，幼稚园格外来得需要。农忙的时候，农妇异常忙碌，她要帮助种田，要做饭煮茶，还有其他的家事。在这时候，年长的儿童都可以帮助做事。六岁以下的孩子，真是她的累赘物了。倘若有一个地方替她看孩子，她们真是要感激不尽了。有的时候，在小学里的子女被叫回去陪弟妹；有时候做母亲的，拿了一条小凳子，抱着一个小孩子到小学里来，请教师替她看小孩子。她唯一的要求，只要求教师看顾这个孩子，不要让他走动。这是何等可怜呀！我们因此也可以知道乡村幼稚园是何等重要呀！

乡村幼稚园除了为幼稚儿童造幸福以外，还可以节省农忙时农妇的精力，又可以直接帮助小学生减少缺课——因为有许多小学生的缺课是要在家里看管弟弟妹妹，所以乡村幼稚园的功效比城市幼稚园还要大。但是寻常幼稚园的办法，实在不能够移到乡下来。中国寻常城市幼稚园犯了三个大病——贵族的、外国的和浪费的病。倘若我们要办乡村幼稚园，非根本地把幼稚园变成平民的、中国的和省钱的不可。我们已经开始研究了，也已经有些把握了。去世不久的陆慎如女士，曾经发愿为办乡村幼稚园努力。我们此后还是要本着她的牺牲精神，照着预定的计划做下去。

八、试验乡村师范学校

试验乡村师范设在晓庄，和第三中心小学邻近，距第一中心小学五里（一里半）路，第二中心小学十里。我们所以创办这所学校的目的，是要养成有乡村领袖能力的教师，目的有三：

（一）养成农人的身手；

（二）养成科学的头脑；

（三）养成改造社会的精神。

这个学校的校训是"教学做合一"：教的法子根据学的法子，学的法子根据做的法子。例如农事是要在田里做的，就须在田里学，也就须在田里教。这是合一的方法，与寻常所用的分割方法不同。按寻常的方法，师范生先受了三年半的普通训练，到了最后半年开始实习，毕业以后方才是真的做教师。我们的学生，开始就教儿童，学生们就在真切的、负责的和有指导的环境之下做先生，所以他们不但要自己学习，并且要同时学习教人，他们是以教人者教己。我们深信某件事能够教人家了解，自己方才可以算得真切的了解。我们依据这个方法，很严格地指导每个师范生到各个中心小学里去负一星期的完全责任。

全部的课程包括了全部的生活：一切课程都是生活，一切生活都是课程。我们不知道什么是课内活动和课外活动的。全部活动——教学做——可以分为五个部分：

（一）中心小学活动教学做　这部分教学做占全数时值之半。寻常师范有附属小学实习的一科，这种办法，和师范学校缺少有机体的关系。小学乃是师范的中心，先须有很好的中心小学，才能有很好的师范学校。中心小学好比是母亲，也是发电机。

中心小学活动教学做可以分作六组：国语算术组、公民组、卫生组、自然组、园艺组、游戏娱乐组。每组各设研究指导员。师范生每人可以选择一组或两组做研究指导员的助手。每个指导员研究所得，必须将经过情形和学生讨论，指导他，观察他，帮助他。小学教学做指导员由校长聘请，对于该工作负完全支配之责任。

（二）分任院务教学做　全校的文书、会计、杂务、卫生等工作，都是指导员指导学生做的。全校只有一个粗工，担任挑水，其余的工作都是学生和指导员分担的，甚至烧饭、炒菜也是自己做的。烧饭的工作，在乡村教师是很重要的，因为学生们倘若送到一所没有校工的新学校里去，那么就非自己动手做饭不可了。

（三）征服自然环境教学做　这项包括科学的农业、造林、基本手工、卫生和其他教学做。

（四）改造社会环境教学做　这项包括村自治、民众教育、合作组织、乡村调查和农民娱乐等教学做。这项教学做，从学校三里路四周着手做起。每一个小村有二位去担负责任。现在已经有了十二个小村在计划中了。我们无论什么事都是以作为教学的中心的。所以这件事就算是社会工作。乡村调查，我们不在教室里学的，乃是要到十二个小村里去实行调查的。又如合作社，也是要依照各种原则，实行去组织的，不是空讲的。其他的教学做都是如此的。

二人担任一个小村庄的方法，我们希望他们和这个村庄里的人民做极要好的朋友，做一条学校与村庄通电的电线。有了这根活电线，一切的改造工作，都可以极便利地进行了。

（五）学生自动的教学做　这部分活动都是学生自动计划和决定的。大部分是关于个人的事情。

此外，晓庄师范学校里还有几个特点：学生只用书，不读书。他们在图书室里看书，不在课室里上书。他们看到书的难处才去问指导员。他们为生活而用书，不为书籍而读书。这是特点之一。

指导员和学生都是农人的样子，有时赤着脚，穿了草鞋干。学生从入学考试的一天起，就必须做农事。我们深信，我们倘要想感化农人，必须自己先受农人感化。这是特点之二。

指导员和学生只有很少的区别，他们的界限实在是分不清楚的。每个人都是教做，也都是学做。"会做的教人，不会做的跟人学"是我们的座右铭。

学生毕业时是没有文凭的，要到毕业以后，服务了半年，有了好的成绩，方才给他证书。学生与学校的关系，虽是离校以后，在社会上服务了，还是要很密切的。我们要设巡回指导员来维持学校与学生的永远关系。

九、试验幼稚师范院

在试验师范学校里，我们还要设幼稚师范院。该院以中心幼稚园活动为教学做的中心，招收乡村的女子学习。乡村小学教师的夫人、未婚妻或亲戚，尤为欢迎。该院有最显著的几个特点：

（一）可以培养许多幼稚教师，适应乡间需要幼稚园的渴望。

（二）可以为乡村间受教育的女子们开一个新的职业之门。

（三）倘若乡村教师的夫人或未婚妻能受此种教育，将来夫妻同在一乡从事教育，可以有下列五点好处：

1. 乡村教师在乡间服务的幸福可以增进；
2. 夫妻同做教师，家庭的收入可以增加；
3. 因此，乡村教师的服务期可以延长；
4. 乡村间有了女教育家，乡村妇女教育可以格外推广。
5. 这位教师的家庭，就可以组织成一个模范乡村家庭。

有了以上的种种理由和需要，所以幼稚师范院的开办，虽然有许多困难，我们还要设法使它实现的。

十、乡村教育研究部

乡村教育研究部，由试验师范研究指导员和名誉研究员组织而成，研究关于乡村教育的各种问题，以谋乡村教育实际问题的解决。大学校的学生可以来做研究员的助理，我们希望该研究部在最近期内可以充分发展，好做中国乡村教育之指针。

十一、其他事业

以上所说的中心学校、试验乡村师范和乡村教育研究部是中国乡村教育运动的主要工作。此外还有几种附带的事业，也来说明一下。

（一）招待参观改进社　为便利远道来校参观者起见，曾在少数优良学校里设备床位，以便参观者做长时期的观察。这个方法，可以使乡村教育运动扩大得更快、更远。

（二）乡村教育同志会　该会有会员千人，曾议决乡村教师信条十八条，发行两星期刊物一种，即《乡教丛讯》，现在销数有二千份。

（三）乡村学校辅导员　改进社请了一位办乡村学校著有成绩的教师，做乡村学校辅导员。乡村学校要想谋学校之改进，可以先派校长或教师到中心小学来实地观察，再由辅导员去考察该校的实际状况；然后他们合拟改进的方法，由校长和教师进行，辅导员则随时前去帮忙。

（四）乡村治疗所　晓庄创办一个乡村治疗所，医生除了看乡人疾病以外，并训练师范生简单的医药卫生常识与检查中心小学儿童的疾病。

（五）乡民武术会　晓庄附近的十二个乡村里的农人倘欲受武术训练，都可由师范学校武术指导员教以相当之武术。

（六）合作社　尧化门小学宋调公先生已经办了一所小规模的合作社，成绩很好。不久在晓庄也要创办一所。我们希望把范围逐渐扩大，训练农民自己组织。

十二、结　　论

以上所说各节，不过是中国乡村教育运动在南京——

中国新都的简要报告。以我们的能力所及,在广州、武昌、成都、北京、奉天、昆明各地,不久都要举办。我们最后的希望是各省各县都有这样的乡村教育做改造事业的中心。因为我们最后的目标是培养一百万个乡村教师,使全国一百万村庄都得到新生命,合起来造成中华民国的新生命。

教学做合一

1927年11月2日

教学做合一是本校①的校训，我们学校的基础就是立在这五个字上，再也没有一件事比明了这五个字还重要了。说来倒很奇怪，我在本校从来没有演讲过这个题目，同志们也从没有一个人对这五个字发生过疑问。大家都好像觉得这是我们晓庄的家常便饭，用不着多嘴饶舌了。可是我近来遇了两件事，使我觉得同志中实在还有不明了校训的意义的。一是看见一位指导员的教学做草案里面把活动分成三方面，叫作教的方面，学的方面，做的方面。这是教学做分家，不是教学做合一。二是看见一位同学在《乡教丛讯》上发表一篇关于晓庄小学的文章。在这篇文章里，他说："晓庄小学的课外作业就是农事教学做。"在教学做合一的学校的辞典里并没有"课外作业"。课外作业是生活与课程离婚的宣言，也就是教学做离婚的宣言。今年春天

---

① 本校指晓庄试验乡村师范学校。

洪深先生创办电影演员养成所，招生广告上有采用"教""学""做"办法字样。当时我一见这张广告，就觉得洪先生没有十分了解教学做合一。倘使他真正了解，他必定要写"教学做"办法，决不会写作"教""学""做"办法。他的误解和我上述的两个误解是相类的。我接连受了这两次刺激，觉得非彻底地、原原本本地和大家讨论明白，怕要闹出绝大的误解。思想上发生误解则实际上必定要引起矛盾。所以把这个题目来演讲一次是万不可少的。我自回国以后，看见国内学校里先生只管教，学生只管受教的情形，就认定有改革之必要。这种情形以大学为最坏。导师叫作教授，大家以被称教授为荣。他的方法叫作教授法，他好像拿知识来赈济人的。我当时主张以教学法来代替教授法，在南京高等师范学校校务会议席上辩论二小时，不能通过，我也因此不接受教育专修科主任名义。八年，应《时报·教育新思潮》之征，撰《教学合一》一文，主张教的方法要根据学的方法。此时苏州师范学校首先赞成采用教学法。继而五四事起，南京高等师范同事无暇坚持，我就把全部课程中之教授法一律改为教学法。这是实现教学合一的起源。后来新学制颁布，我进一步主张：事怎样做就怎样学，怎样学就怎样教，教的法子要根据学的法子，学的法子要根据做的法子。这是民国十一年的事，教学做合一的理论已经成立了，但是教学做合一之名尚未出现。前年在南开大学演讲时，我仍用教学合一之题，张伯苓先生拟改为学做合一，我于是豁然贯通，直称为教学做合一。去年撰《中国师范教育建设论》时，即将教学做合一之原理做有系统之叙述。我现在要把最近的思想组织起来做进一步之叙述。教学做是一件事，不是三件事。我们要在做上教，在做上学。在做上教的是先生；在做上学的是学生。从先生对学生的关系说：做便是教；从学生对先生的关系说：做便是学。先生拿做来教，乃是真教；学生拿做来学，方是实学。不在做上用功夫，教固不成教，学也不成学。从广义的教育观点看，先生与学生并没有严格的分别。实际上，如果破除成见，六十岁的老翁可以跟六岁的儿童学好些事情。会的教人，不会的跟人学，是我们不知不觉中天天有的现象。因此教学做是合一的。因为一个活动对事说是做，对己说是学，对人说是教。比如种田这件事是要在田里做的，便须在田里学，在田里教。游泳也是如此，游水是在水里做的事，便须在水里学，在水里教。再进一步说，关于种稻的讲解，不是为讲解而讲解，乃是为种稻而讲解；关于种稻而看书，不是为看书而看书，乃是为种稻而看书；想把种稻教得好，要讲什么话就讲什么话，要看什么书就看什么书。我们不能说种稻是做，看书是学，讲解是教。为种稻而讲解，讲解也是做；为种稻而看书，看书也是做。这是种稻的教学做合一。一切生活的教学做都要如此，方为一贯。否则教自教，学自学，连做也不是真做了。所以做是学的中心，也就是教的中心。"做"既占如此重要的位置，宝山县立师范学校竟把教学做合一改为做学教合一。这是格外有意思的。

在劳力上劳心

1927 年 11 月 3 日

昨天我讲《教学做合一》的时候，曾经提及"做"是学之中心，可见做之重要。那么我们必须明白"做"是什么，才能明白教学做合一。盲行盲动是做吗？不是。胡思乱想是做吗？不是。只有手到心到才是真正的做。世界上有四种人：一种是劳心的人；一种是劳力的人，一种是劳心兼劳力的人；一种是在劳力上劳心的人。二元论的哲学把劳力的和劳心的人分成两个阶级：劳心的专门在心上做功夫，劳力的专门在苦力上讨生活；劳力的人只管闷起头来干，劳心的人只管闭起眼睛来想；劳力的人便成了无所用心，受人制裁；劳心的人便成了高等游民，愚弄无知；以致弄成"劳心者治人，劳力者治于人"的现象。不但如此，劳力而不劳心，则一切动作都是囿于故常，不能开创新的途径；劳心而不劳力，则一切思想难免玄之又玄，不能印证于经验。劳力与劳心分家，则一切进步发明都是不可能了。所以单单劳力,单单劳心,都不能算是真正之做。真正之做须是在劳力上劳心。在劳力上劳心是真的一元论。在这里我们应当连带讨论那似是而非的伪一元论。一次我和一位朋友讨论本校主张在劳力上劳心,我的朋友说:"你们是劳力与劳心并重吗?"我说:"我们是主张在劳力上劳心,不是主张劳力与劳心并重。"劳心与劳力并重虽似一元论,实在是以一人之身而分为两段;一段是劳心生活,一段是劳力生活,这种人的心与力都是劳而没有意识的,这种人的劳心或劳力都不能算是真正之做。真正之做只是在劳力上劳心,用心以制力。这样做的人要用心思去指挥力量,使能轻重得宜,以明对象变化的道理。这种人能以人力胜天工。世界上一切发明都是从他那里来的。他能改造世界,叫世界变色。我们中国所讲的科学原理,古时有"致知在格物"一语,朱子用"在即物而穷其理"来解释,似乎是没有毛病的了。但是王阳明跟着朱子的话进行便走入歧途。他叫钱友同格竹,格了三天,病了。他老先生便告奋勇,亲自出马去格竹——即竹而穷竹理,格了七天,格不出什么道理来,也就病了。他不怪他自己格得不对,反而说天下之物本无可格,所能格的,只有自己的身心。他于是从格物跳到格心,中国的科学兴趣的嫩芽便因此枯萎了。假使他老先生起初不是迷信朱子的呆板的即物穷理,而是运用心思指挥力量以求物之变化,那便不至于堕入迷途。在劳力上劳心,是一切发明之母。事事在劳力上劳心,便可得事物之真理。人人在劳力上劳心,便可无废人,便可无阶级。征服天然势力,创造大同社会,是立在同一的哲学基石上的。这个哲学的基础便是"在劳力上劳心"。我们必须把人间的劳心者、劳力者、劳心兼劳力者一齐化为在劳力上劳心的人，然后万物之真理都可一一探获，人间之阶级都可一一化除，而我们，理想之极乐世界乃有实现之可能。这个担子是要教师挑的。唯独贯彻在劳力上劳心的教育，才能造就在劳力上劳心的人类；也唯独在劳力上劳心的人类，才能征服自然势力，创造大同社会。最后，我想打一个预防针，以免误解。一次有一位朋友诉我说："你们在劳心上劳力的主张，我极端地赞成。"我说："如果是在劳心上劳力，我便极端不赞成了。我们的主张是'在劳力上劳心'，不是'在劳心上劳力'。"

以教人者教己

1927年11月5日

"以教人者教己"是本校①根本方法之一，我们也必须说得很明白，方知他效用之大。昨天邵先生教纳税计算法就是"以教人者教己"的例证。邵先生因为要教大家计算纳税，所以就去搜集种种材料，并把这些材料融会贯通起来，然后和盘托出，教大家计算。他因为要教大家，所以先教自己。他是用教大家的材料教自己。他年年纳税，但是总没有明白其中的内幕，今年为什么就弄得这样彻底明白呢？因为要教你们，所以他自己便不得不格外明白了。他从教纳税上学得的益处怕比学生要多得多哩。近来韩先生教武术，不是要一位同学发口令吗？这便是以教人者教己。这位同学发口令时便是以同学教同学。因为要他发口令，所以他对于这套武术的步骤就格外明了，他在发口令上学，便是以教人者教己。第三中心小学潘先生是素来没

---

① 本校指晓庄试验乡村师范学校。

有学过园艺的，但是第三中心小学有园艺一门功课，他必得教，既然要教园艺，他对于园艺便要格外学得清楚些。他拿园艺教小学生的时候便是拿园艺来教自己。我们从昨天起开始交际教学做。第一次轮到的便是孙从贞女士，今天有客来，便须由她招待。来宾到校必定要问许多问题，孙女士必须一一答复。但她是一位新学生，对于学校的经过历史、现在状况，及未来计划还没有充分明了。因为要答复来宾的问题，她必须预先把这些事情弄得十分明白，才不致给来宾问倒。她答复来宾的问题时，从广义的教育看来，她便是在那儿教，来宾便是在那儿学。为了要答复来宾的问题，她自己就不得不先去弄得十分明白，这便是以教人者教己。我们平常看报，多半是随随便便的。假使我们要教小学生回家报告国家大事，那么，我们看报的时候，便不得不聚精会神了。我们这样看报，比起寻常的效率不知道要大得几多倍哩。这便是借着给小孩讲国家大事来教自己明了国家大事。这便是以教人者教己。又比如锄头舞的歌词是我做的，对于这套歌词，诸位总以为我做了之后便是十分明了了，其实不然。我拿这歌词教燕子矶小学生时，方把他弄得十分明白。以前或可以说只有七八分明白，没有十分明白，自己做的歌词还要等到教人之后才能十分明白，由此可见"以教人者教己"的效力之宏。从这些例证上，我们可以归纳出一条最重要的学理。这学理就是"为学而学"不如为教而学之亲切。为教而学必须设身处地，努力使人明白；既要努力使人明白，自己便自然而然地格外明白了。

本校产生时的催生娘娘

1927 年 11 月 7 日

今天要同大家谈谈本校①产生时的情形。这里有一位本校产生时候的"催生娘娘""送子观音",大家是不能不知道的。

在去年三月里,我曾经读了一本书,叫作《人间词话》,是王静安先生著的。书里有这样一段话:

"古之成大事业者,必定要经过三种境界。"

哪三种境界呢?他说:

"一、昨夜西风凋碧树,独上高楼,望尽天涯路。"

这是说为大事者,先天下之忧而忧,要从高远处去望他。

"二、衣带渐宽终不悔,为伊消得人憔悴。"

这就是说看清了人民的隐痛之后,要时时刻刻纪念他,就是为他牺牲一切,终不懊悔!

---

① 本校指晓庄试验乡村师范学校。

"三、众里寻他千百度，回头蓦见，那人正在灯火阑珊处。"

这是说，从各处各地要寻个解决，只有我们百折不回地去找他，终有一天出人不意地遇着。

我读了这一节书后，大受感动，将那时正在徘徊歧路的态度打破了，立刻起来施行我的计划。王先生今年已经在昆明湖自尽了。我听到这个消息，非常悲痛！

王先生与我虽只一面之缘，是那年范静生先生因为要调和梁任公与胡适之两先生的意见，曾备了一席酒，请王先生和我（还有其他几位先生）做陪客。在这一席上，我们虽没有深谈，王先生也不一定晓得我，但他的精神，对于我的事业，影响终是很大的。

今天我要将这几句话提出来同大家讲讲，就是希望我们从事乡村教育的同志，都要经过这种境界，并在每年王静安先生忌日的时候，细细地将这几句话念念。

小孩子最紧要的是进学校

1927 年 11 月 12 日

昨晚孙总理周游晓庄十二村乡①，他见到三等小朋友，他心里就有三种感触。第一种人家的小孩子，在家里不但能读书识字，并且会运用书中的道理。这些小孩子会写信，会看信，会认契据，会记账目，会看报，能懂国家大事。孙总理看了这种人家小孩，他喜欢极了，就说："活人读活书，字字如真珠。"第二种人家的孩子，在家里像木鸡一样，整天地读《百家姓》《三字经》……总理听了不耐烦，便说："活人读死书，愈读愈变迁。"第三种人家的小孩子却不同了，一天到晚只会打架，相骂，偷东西，做种种不长进的事。总理见了气极，对他们家里人说："活人不读书，不如老母猪。"但最后总理还是希望大家把小孩子送到学校里去，读活人的书，做活人的事，过活人的生活。这样看来，小孩子最紧要的是进学校。

---

① 孙总理，指孙中山（1866—1925）。这里所说其事，系陶行知假托，并非真实发生。

今后中华民族的使命

1928 年 10 月 10 日

我有一种脾气，要回想以往的事，是很痛苦的；想未来的事，是非常快乐的。所以，我很喜欢谈未来的事。

今年的国庆纪念和去年的国庆纪念不同之点，就在去年的国庆纪念的时候，北伐还没有完成，今年的国庆纪念的时候，北伐已经完成了。但是现在在形式上北伐虽则已经成功了，而我们真正的国民革命还没有成功呢。刚才我们在唱《国民革命歌》的时候，我们只唱了第二首，没有唱第一首歌。我以为第一首歌现在还是应当要唱的。我们现在仍是要"努力国民革命"，仍是要"齐奋斗"哩！

我们站在教育的立场上，我们应当把教育的力量来建设新中国，我们的使命是要唤醒民众，使民众团结起来！

教育的力量与别种力量不同之点，就在教育的力量是能够达到个个民众的内心里头去的；他能够使民众自己从"心里"发出一种力量来自己团结的。别的力量不能达到内里而只是外面的，他像绳一样，只能把东西捆起来，绳子一断就散了。所以我们可以说，现在国民革命还没有成功，因为中华的民众还不能自己团结起来。现在我们只有努力教育，用教育的力量来建设新中华！这是我今天所要讲的第一点。

还有第二点要说的。譬如我们现在南京要到北平或天津去，是不能一直去的，一定要绕道而到北平或天津。这是什么道理？因为我们的济南，现在还是给日本人占据住。

现在我们要叫日本人回日本去，只有我们自己先团结起来，才能够叫他回去。

听说，日本有很多架飞机。他们只要十分之一的飞机飞到南京来，我们的中华民国就会根本动摇。这是我们应当注意的。我们要下一个决心，用教育的力量使民众团结起来，叫日本人回到日本去。

我们晓庄学校的理想，是要用教育的力量来叫日本人自己回到日本去，是要用教育的力量来建设新中华民国！所以现在日本方面很注意我们。最近我有一位朋友新从日本回来。他说，日本人已在注意晓庄学校的理想和办法，文字方面如《支那之理想学校》等，已有几篇发表。

假使我们晓庄学校不能叫日本人停止横蛮的行动，不能叫日本人回到日本去，那么晓庄学校便算失败的。

我们要叫日本人回到日本去，并不是帝国主义的思想。因为我们只是叫日本人回到日本去，不是要压迫日本民族，打倒日本人。只叫日本人回到日本去含有两层意义：一、叫日本的坏人回到日本去重受本国的教训，不敢再到中国来害中国人；二、叫日本的好人带了民主思想和大同理论回到日本去从事日本人的心理改造，使得他们把日本民国建设好了，可以做我们的同志，通力合作去建设大同世界。

今天我所讲的归纳起来，可以分为两点：

（一）我们要用教育的力量建设新中华；

（二）我们要用教育的力量，叫日本人回到日本去改造日本。

定 于 一

1929 年 3 月 12 日

今天是中山先生逝世四周年纪念。中山先生一生最大的发明就是三民主义，最大的组织就是国民党。中山先生说：三民主义就是救国主义。我个人觉得三民主义的确是救国主义，在现在的中国的确只有三民主义才能挽救。但是这个三民主义要怎样才能挽救中国呢？从前孟子说："天下乌乎定？定于一。"大家能够信仰一个主义，大家的思想由一个主义来统一，然后这个主义才能发生力量，才能挽救中国。现在我们要救中国，只有信仰三民主义，只有服从中山先生遗留的能奉行三民主义的国民党。而且只有真的三民主义才可以救中国，只有三民主义的真正信徒，才能发生力量去救中国。

我们从前看戏看过一幕包公案，当着审案的时候，忽然有了两个包公，一个是真的，一个是假的，那个假的便是妖怪。主义也同样有真有假，党员也同样有真有假，只有真的三民主义才能救中国；只有真正的党员，才能救中国。什么是真的三民主义呢？什么是真的党员呢？真的三民主义只有一本，只有中山先生所遗留的一本，其余什么人解释的都是假的，都是靠不住的。什么党员才是三民主义的真正信徒呢？中山先生说：主义是一种思想，一种信仰，一种力量。我们要辨别他是不是一个真正的三民主义信徒，我们只消看他是不是由内心的思想发生出来的信仰去产生力量。要是不是由内心的思想发生出来的信仰，那么他根本连思想都没有了，还能发生什么力量？所谓"有诸内形诸外"，内部有了信仰，才能发生力量，有了力量才可以救中国。要由内心的思想，去信仰三民主义所发生出来的力量，才可以救中国。吴稚晖先生说："中国人从前是忘八，现在是忘九。从前有孝、悌、忠、信、礼、义、廉、耻八个字，一般无耻的人，就叫作忘八；现在有九个字是：你不好，打倒你，我来做。但是一般人只知道你不好，打倒你，我来做，来做什么，他就不知道了，这叫作忘九。"

　　真正的三民主义信徒，是"你不好，打倒你，我来做"。所以我们要辨别他是不是真正的三民主义的信徒，我们就是考察他是不是在认真为民众做。要是有信仰去发生力量来为民众做实地工作的，才是真正的三民主义的信徒，才可以救中国。国民党是要为农民解除痛苦的，党员是要到民间去的，我们在乡村里看到这些到乡下来的党员，是不是真正地在为民众做，是不是真正地在为民众解除痛苦？若果他到乡下来住了三个月或五个月，你问他为民众做了几件有益的事，为农民解除了些什么痛苦，他能一一答复的，那就是能够做，那就是能够信仰三民主义去发出力量来为民众做，那就是三民主义的真正信徒。若果你问他来干什么，他说来参观；你问他为农民兴办了几件有利的事，解除了些什么痛苦，他说正在计划，那么，他就是个假党员，就是个妖怪，就是来揩国民党的油，就是挂羊头卖狗肉。我们用这个标准去辨别谁是不是三民主义的信徒是很容易的。

我今天再借这个机会，来同大家谈谈办乡村教育的教师。这里不是主张教学做合一的吗？要怎样做便怎样学，怎样学便怎样教。教师、学生、工人大家都是一样的，教学做并不是单刀匹马地独自学、独自做或者独自教，并不是一味地呆学，并不是一味地死教，也不是一味地蛮做，是要在劳力上劳心。在劳力上劳心，就是教学做合一的注脚。中山先生在几十年前就开始革命，他也是教学做合一的。他革命就是做，他因为革命要有高深的学问，便努力学，他越革命越努力学，因此学问也越长进；同时他又引导许多青年革命，便是教。有一个小学教员，曾经问过我说："我们到乡村去做教员，单独一个人去做，岂不是孤陋寡闻吗？"我告诉他："只要你是真心实意地去办乡村教育，那么同志多得很。许许多多的农人，他可以做你的同志；许许多多的小朋友，他可以做你的很好的同志。假使你不与农人合作，不与许多小朋友合作，那才是单枪匹马，才是孤陋寡闻，才不会收一毫的成效。"我想：假使中山先生来做乡村教师，他也是一定这样办。把许多农人集合起来做同志，把许多小朋友集合起来做同志，大家合作，那一定能够办成一个很好很好的乡村学校。我们要以乡村学校做改造乡村社会的中心，我们要与农人、小朋友做同志，要这样才可以发生很大很大的力量。这种力量，才可以改造中国、改造社会、改造世界人类以入于大同。假使你是以整个的心，献给乡村教育，努力与农人、小朋友合作，就无论在国家、在社会、在世界都可以发生这种力量。我们要改造中国、改造社会、改造世界，要实现大同之治，我们唯一的希望就是这种三民主义的真正信徒，能够以整个的心贡献给乡村教育的这种教师。

今日之幼稚园

1929 年 10 月 28 日

我对于幼稚教育是个门外汉，不配谈什么。各位既要我说话，我只有一件事向各位报告。此次我的老先生克伯屈（Kilpatrick）[①]先生来参观各国的教育，当然也来参观中国的教育；参观中国的教育，当然也来参观我们晓庄的教育。他对于我们中国的幼稚园有一个批评，我们晓庄自然不能例外。他的批评是怎样的呢？他说："现在中国的幼稚园，还是在二十五年以前的幼稚园。"我听了他这个批评，当然也就起了两个反应：第一个反应是承认他这个批评有一部分是对的；第二个反应是为我们的幼稚园辩护。我为什么发生出这样的两个反应呢？现在我拿来向大家报告一下：

[①] 克伯屈（William Heard Kilpatrick，1871—1965），美国教育家。当时任哥伦比亚大学师范学院教授。陶行知留学美国时曾受业门下。

第一，我反对他这句话。我只承认他的批评有十分之三点三是对的，其余之六点七是不对的。什么叫作十分之三点三是对的？什么叫十分之六点七不对呢？这话怎么讲呢？我在当时，我就问他："中国的幼稚园还是在二十五年以前的幼稚园，当然不是今日的幼稚园，究竟什么叫作二十五年以前的幼稚园，什么叫作今日的幼稚园呢？"他说："二十五年以前的幼稚园，就是一切都是机械的，同是一律地天天在那里拍拍手，走走圆圈，一个教师在那里弹着琴，……总之，一切活动，都是机械的，千篇一律、万篇一律、一成不变的。"我当时就对他说："你这个说法，我们这里的幼稚园确实也是这样。但是，这也才是一小部分，还有其他的一大部分你还没有看到，我可以带你去看看。"于是我就带他到晓庄幼稚园的农场上去看小朋友所种的东西。后来，我又带他去看燕子矶幼稚园。他说："啊！这些我在外国倒还没有看见过，这是很好的一种办法。"后来，我又向他说："我们这里所办的幼稚园，要适合下面的三个目标：

"第一是要平民化。现在的幼稚教育，多数是操纵在贵族阶级及智识阶级的手里，我们这里是要把幼稚教育从贵族阶级、智识阶级的手里夺出来，普遍到平民阶级。进一步我们还要把贵族阶级、智识阶级、平民阶级打成一片。我们这里的幼稚园，不是为什么部长、总长的小孩子办的，我们是为农工阶级的小孩子而办的。我们也不是只徒喊口号，而是见诸实行的。你看，我们幼稚园里的小朋友不一个个都是农家的小孩吗？

"第二是要经济化。'我们深信乡村教师要用最少的经费办理最好的教育。'这是我们的信条之一。这个意思就是说,我们要用少的金钱办出好的教育,不是用很多很多的钱把一个幼稚园弄得非常华贵。幼稚园要想在平民阶级里普遍起来,自非省钱不为功!

"第三个目标是要适合于乡村儿童生活的。我们不要搬洋货,也不要骛时髦,只求适合于乡村儿童的生活。我们的主张是这样,我们的办法是这样。你如果赞成我们的主张,愿意和我们努力的话,我希望你们哥伦比亚大学在放假的一年——他们是六年之后放假一年——有一个幼稚教师到我们此地来走一遭,那么我们就可以打成一片,共同努力了。"

他说:"我很赞成你们的主张,我愿意努力。"

克伯屈先生给予我们这个批评,是我再三地要求他,要他不辜负此行而才说的。假若今天我不将这个批评转达给大家,也就辜负了大家今天要我在这里来说话的厚意!我把这个意思转达出来,就是要使得大家格外地努力。我们一方面在这里干,我们一方面还要吸收别人的经验,我们要把英国的、法国的、日本的、意大利的、美利坚的……一切关于幼稚教育的经验都吸收进来,我们来截长补短冶成一炉,来造成一个"今日之幼稚园"!要造成今日之中国幼稚园,就是从今日起我们就要下功夫!

生活即教育

今天我要讲的是"生活即教育"。中国从前有一个很流行的名词，我们也用得很多而且很熟的，就是"教育即生活"(Education of life)。教育即生活这句话，是从杜威(John Dewey)先生那里来的，我们在过去是常常用他，但是，从来没有问过这里边有什么用意。现在，我把他翻了半个筋斗，改为"生活即教育"。在这里，我们就要问："什么是生活？"有生命的东西，在一个环境里生生不已的就是生活。譬如一粒种子一样，他能在不见不闻的地方而发芽开花。从动的方面看起来，好像晓庄剧社在舞台演戏一样。"生活即教育"这个演讲，从前我已经讲了两套，现在重提我们的老套。

第一套就是：

是生活就是教育，不是生活的就不是教育；

是好生活就是好教育，是坏生活就是坏教育；

是认真的生活就是认真的教育，是马虎的生活就是马虎的教育；

是合理的生活就是合理的教育，是不合理的生活就是不合理的教育；

不是生活，就不是教育；

所谓之生活未必是生活，就未必是教育。

第二套是第二次讲的时候包括进去的，是按着我们此地的五个目标加进去的，就是：

是康健的生活，就是康健的教育，是不康健的生活，就是不康健的教育；

是劳动的生活，就是劳动的教育；是不劳动的生活，就是不劳动的教育；

是科学的生活，就是科学的教育；是不科学的生活，就是不科学的教育；

是艺术的生活，就是艺术的教育；是不艺术的生活，就是不艺术的教育；

是改造社会的生活，就是改造社会的教育；是不改造社会的生活，就是不改造社会的教育。

近来，我们有一个主张，是每一个机关，每一个人在十九年里都要有一个计划。这样，在十九年里我们所过的生活，就是有计划的生活，也就是有计划的教育。于是，又加了这么一套：

是有计划的生活就是有计划的教育；是没有计划的生活，就是没有计划的教育。

我今天要说的就是：我们此地的教育，是生活的教育，是供给人生需要的教育，不是作假的教育。人生需要什么，我们就教什么。人生需要面包，我们就得受面包教育；人

135

生需要恋爱，我们就得过恋爱生活，也就是受恋爱教育。准此类推，照加上去：是那样的生活，就是那样的教育。

与"教育即生活"有连带关系的就是"学校即社会"。"学校即社会"也就是跟着"教育即生活"而来的，现在我也把他翻了半个筋头，变成"社会即学校"。整个的社会活动，就是我们的教育范围，不消谈什么联络，而他的血脉是自然流通的。不要说"学校社会化"。譬如现在说要某人革命化，就是某人本来不革命，假使某人本来是革命的，还要他"化"什么呢？讲"学校社会化"，也是犯同样的毛病。"社会即学校"，我们的学校就是社会，还要什么"化"呢？现在我还有一个比方：学校即社会，就好像把一只活泼泼的小鸟从天空里捉来关在笼里一样。他要以一个小的学校去把社会上所有的一切东西都吸收进来，所以容易弄假。社会即学校则不然，他是要把笼中的小鸟放到天空中去，使他能任意翱翔，是要把学校的一切伸张到大自然界里去。要先能做到"社会即学校"，然后才能讲"学校即社会"，要先能做到"生活即教育"，然后才能讲到"教育即生活"。要这样的学校才是学校，这样的教育才是教育。

杜威先生在美国为什么要主张教育即生活呢？我最近见着他的著作，他从俄国回来，他的主张又变了，已经不是教育即生活了。美国是一个资本主义的国家，他们是零零碎碎的实验，有好多教育家想达到的目的不能达到，想实现的不能实现。然而在俄国已经有人达到了，实现了。假使杜威先生是在晓庄，我想他也必主张"生活即教育"的。

杜威先生是没有到过晓庄来的。克伯屈先生则是到过晓庄来的。克伯屈先生离了俄国而来中国,他说:"在离莫斯科不远的地方,有一个人名夏弗斯基的,他在那里办了一所学校,主张有许多与晓庄相同的地方。"我见了杜威先生的书,他说现在俄国的教育,很受这个地方的影响,很注重这个地方。他们也主张生活即教育,社会即学校。克伯屈先生问我们在文字上通过消息没有?我说没有。我又问他:"夏弗斯基这个人是不是共产党?"他说不是。我又问他:"他不是共产党,又怎么能在共产党政府之下办教育呢?"他说:"因为他是要实现一种教育的理想,要想用教育的力量来解决民生问题,所以俄政府许可他试验,他在俄政府之下也能生存。"我又对他说:"这一点倒又和我相合,我在国民党政府之下办教育,而我也不是一个国民党党员。"这是克伯屈先生参观晓庄后与我所谈的话。

现在我们这里的主张,已经终于到了实现的时期了,问题是在怎样实现。这一点,可以分作三个时期:

第一个时期,是生活是生活,教育是教育,两者是分离而没有关系的。

第二个时期,是教育即生活,两者沟通了,而学校社会化的议论也产生了。

第三个时期,是生活即教育,就是社会即学校了。这一期也可以说得是开倒车,而且一直开到最古时代去。因为太古的时代,社会就是学校,是无所谓社会自社会学校自学校的。这一期也就是教育进步到最高度的时期。

其次，要讲生活即教育与社会即学校，有几方面是要开仗的，而且，是不痛快，是很烦恼，而与我们有极大的冲突的。

第一，在这个时期，是各种思潮在中国谋实现的时期，中国几千年来的传统教育所支配的许多传统思想都要在此时期谋取得他的地位。第二，是外来的各种文化，如德国以前是以文化为中心的。这种文化，胡适之先生曾说是一种 Jantademin（Gentleman）的文化，是充满着绅士气的。第二是英国的。

现在先说中国遗留下来的旧文化与我们的生活即教育是有冲突的。中国从前的旧文化，是上了脚镣手铐的。分析起来，就是天理与人欲，以天理压迫人欲，做的事无论怎样，总要以天理为第一要件。

他是以天理为一件事，人欲为一件事。人欲是不对的，是没有地位的。在生活即教育的原则之下，人欲是有地位的，我们不主张以天理来压迫人欲的。这里，我们还得与戴东原先生的哲学打通一打通：他说，理不是欲外之理，不是高高地挂在天空的；欲并不是很坏的东西，而是要有条有理的。我们这里主张生活即教育，就是要用教育的力量，来达民之情，顺民之意，把天理与人欲打成一片，并且要和戴东原先生的哲学联合起来。

与此有连带关系的就是"礼教"。现在有许多人唱"礼教吃人"的论调。的确，礼教吃的人，骨可以堆成一个泰山，血可以合成一个鄱阳湖。我们晓得，礼是什么？以前有人说，礼是养生的，那是与生活即教育相通的。这种礼,我们不唯不打倒,并且表示欢迎。假若是害生之礼,那就是要把人加上脚镣手铐,那是与我们有冲突的,我们非打倒不可。因为生活即教育是要解放人类的。

再次,中国从前有一个很不好的观念,就是看不起小孩子。把小孩子看成小大人,以为大人能做的事小孩也能做,所以五六岁的小孩,就要他读《大学》《中庸》。换句话说,就是小孩子没有地位。我们主张生活即教育,要是儿童的生活才是儿童的教育,要从成人的残酷里把儿童解放出来。

还有一点要补充进去的,就是书本教育。从前的书本教育,就是以书本为教育,学生只是读书,教师只是教书。在生活即教育的原则之下,书是有地位的,过什么生活就用什么书,书不过是一种工具罢了。书是不可以死读的,但是不能不用。从前有许多像这样的东西,是非推翻不可的,否则不能实现"生活即教育"。

现在外面传进来的思潮,也有许多与我们是冲突的。以文化做一个例吧!以文化做中心的教育,它的结果是造成洋八股。文化是人类创造出来的,固然是非常的宝贵,但它也不过是一种工具而已,不能拿做我们教育的中心。人为什么要用文化?是要满足我们人生的欲望,满足我们生活的需要。电灯是文化,我们用了它,可以把一切东西看得更明白。无线电是文化,我们用了它,可以更便利。千里镜是文化,我们用了它,可以钻进土星、木星里去。……所以文化是生活的工具,它是有它的地位的。我们不唯不反对,并且表示欢迎。欢迎它来做什么呢?就是满足我们生活的需要。有些人把他弄错了，认它做一种送人的礼物，这是不对的。文化要以参加做基础，有了这参加的最低限度的基础，才能了解，才能加上去。生活即教育与以文化为中心的教育的不同，就是如此。

还有训育与生活即教育的理论怎么样？生活即教育与训育把训与教分家的关系怎样？生活即教育与社会即学校如何实现？小学里如何把他实现出来？假使诸位以为是行得通的，最好是每一个人拟一个方案来交给我，哪一部分可以实现，我们就拿那个地方当一个社会实现出来。

现在我举一个例说：去年因为天干，和平学园因为急于要水吃，就开了一个井。井是学校开的，但是献给全村公用，不久就发现了两个大问题：

（一）每天出水二百担，不敷全村之用。于是大家都起早取水，后到的取不到水。明天又比别人早，甚至于一夜到天亮，都有取夜水的。到天亮时，井里的水已将干了。群聚在井边候水，一勺一勺地取，费尽了气力，才打出一桶水。

（二）大家围着取水，争先恐后，有时甚至用武力解决。

这种现象，假使是学校即社会，就可以用学校的权力来解决，由学校出个命令，叫大家照着执行。社会即学校的办法就不然，他觉得这是与全校人的生活有关系的，要全村的人来设法解决，于是就开了一个村民大会，一共到了六七十个人，共同来做一个吃水问题的教学做。到会的人，有老太婆，也有十二三岁的小孩子，公推了一位十几岁的小学生做主席。我和许多师范生，就组织了一个诸葛亮团，插在群众当中，保护这位阿斗皇帝。老太婆说的话顶多，但同时有许多人说话，大家听不清楚，而阿斗皇帝又对付不下来。这回，诸葛亮用得着了，他就起来指导。结果，共同议决了几件事：

1. 水井每天休息十小时，自下午七时至上午五时不许取水。违者罚洋一元，充修井之用。

2. 每天取水，先到先取，后到后取。违者罚小洋六角，充修井之用。

3. 公推刘君世厚为监察员，负执行处分之责。

4. 公推雷老先生为开井委员长，筹款加开一井，茶馆、豆腐店应多出款，富户劝其多出，于最短期内，由村民团结的力量，将井开成。

这几个议案是由阿斗会议所通过的。这就是社会即学校的办法。由此，我有几个感触：

（1）民众运动。要以对于民众有切身的问题为中心，否则，不能召集。

（2）社会运动。非以社会即学校则不能彻底实行。而社会即学校，是有实现的可能的。

（3）不要以为老太婆、小孩不可训练，只要有法子，只要能从他们切迫的问题着手。

（4）公众的力量比学校发生的大，假使由学校发命令解决，则社会上了解的人少，而且感情将由此分离。

（5）阿斗离了诸葛亮是不行的。和平门吃水问题，倘无相当指导，可能再过四五千年也不会解决。

（6）做民众运动是要陪着民众干，不要替民众干。训政工作要想训练中华国民，非此不可。

这就是以小学所在地做学校的一个例，其余的例很多，不必多举。社会即学校要如何的实现，请大家一样一样地做个方案，二次开会的时候再谈。

这是证明"生活即教育"与"社会即学校"是相联的，是一个学理。

关于"生活即教育"，我现在再来补充一套。我们是现代的人，要过现代的生活，就是要受现代的教育。不要过从前的生活，也不要过未来的生活。若是过从前的生活，就是落伍；若要过未来的生活，就要与人群隔离。以前有一部书叫作《明日之学校》，大家以为很时髦的，讲得很熟的。我希望乡村教师，要办今日之学校，不要办明日之学校。办今日之学校，使小学生过今日之生活，受今日之教育。

儿童科学教育

1932 年 5 月 13 日

在 20 世纪科学昌明的时代，应当有一个科学的中国，然而科学的中国，谁来负起造就的责任？就是一班小学教师。造成科学的中国，责任大得很啦。小学教师们一定要说："我们负不起这种重大的责任。"别怕。我想，造成科学的中国，也只有小学教师可以负责。因为要建设科学的中国，第一步是要使得中国人个个都知道科学，要使个个人对于科学发生兴趣。年龄稍大的成人们，对于科学引不起他们的兴趣味。只有在小孩子身上，施以一种科学教育，培养他们科学的兴趣，发展他们科学上的天才，只要在孩子们中培养出像爱迪生那样的几个科学杰出人才，便不难使中国立刻科学化。所以我说要造成科学的中国，责任是在小学教师。但是谈到科学教育，在施行上大家都觉得有些难色。因为科学是一种很高深很精微的学问，小学教师的本身，对于科学尚未登堂入室，而要负起科学教育的责任,谈何容易。殊不知科学并不是很难的东西,高深的科学,固然很难研究,但是浅显的科学,我们日常玩着的,人人都会做。我们用科学的教育训练小孩子,譬如叫小孩子爬树。你教人爬树,如果从小教起,到了长大,便会爬到树顶。如果教成年人学爬树,势必爬到皮破血流,非特爬不到顶,并且他的手足伤害甚多。所以我们必先造就了科学的小孩子,方才有科学的中国。

造成科学的小孩子,向来教师是不注意的。检查过去的事实,父亲母亲倒或有一些帮助。如今我要讲两个故事,一是讲述一个造就科学小孩子的父亲,一是讲述一个造就科学小孩子的母亲。我们大家不是都知道一位大科学家富兰克林(Franklin)吗?富氏证明天空的电和我们人工摩擦出来的电是一样的东西。天空的电,可以打死人,富氏于是制成避雷针。他是一位在科学上很有贡献的学者。他的父亲是做肥皂和洋烛的,他自己能教小孩子。富氏入校读书不久,便去学手艺。他的父亲任凭他东去看看,西去做做,随意地、自由地去工作,去参观。他愿意做什么,便让他去做什么,所以使他对于工厂中的化学和工作很有兴趣。富氏自传中谈起他四十岁然后从事于科学,然而富氏对于科学的兴趣,在很小时候,东看西玩的已经培养成了,这是他父亲的功绩。所以小学教师也须得率领儿童,时常到工厂、农场和其他相当的地方去玩玩。

去世不久的爱迪生氏,举世都承认他是一位大科学家。他关于电气上的发明,数目真可惊人。他有一个很好的母亲。他不过进了三个月的学校。在校时,校中的教师,都当他是一个十分顽劣的小孩,所以入校三个月,便把他开除了。爱迪生从此以后再没有进过学校。他的母亲知道自己的小孩子并非坏东西,反怪校中教师只会教历史、地理,不能适合自己孩子的需要。因为那个时候的爱迪生,十分爱玩科学的把戏,在学校的时候,也只爱玩这一套而不留心学业,所以遭受教师的厌恶。西洋人的家里,都有一个贮藏杂物的地窖,爱迪生即在他家中的地窖中玩他科学的把戏。他在地窖中藏着许多玻璃瓶,瓶里都是化学品,而且有的药品是毒性猛烈的。爱迪生的母亲,起初亦不愿孩子玩那些毒药,要想加以制止,但是不可能,于是也任他去玩了。玩化学上的把戏,需要用钱买药品,爱氏在替他母亲出外买东西时,必定要揩一些油,藏几个钱来,去买药品,后来他做了报贩,在火车上卖报,他卖报赚下来的钱,大部分是去买化学药品的。他并且在火车上堆货包的车棚里,贮藏他的玩意儿,报纸卖完,便躲在车棚里玩他的把戏。有一回,车棚坏了,把他的化学瓶子打破,于是烈火熊熊,把坏的车棚烧了起来。车上的警士跑来一看,知道是爱迪生出的岔子,于是猛力地向爱氏一个耳刮,把爱氏的耳朵打聋了。后来据他自己说,耳朵聋了以后,反而使他专心科学。

我希望中国的父亲,都学做富兰克林的父亲;中国的母亲,都学做爱迪生的母亲,任凭自己的小孩子去玩把戏,或许在其中可以走出一个爱迪生来。我更希望中国的男教师学做富兰克林的父亲,女教师学做爱迪生的母亲。所以说出这两个故事,作为我提倡科学教育的楔子。

再说我们提倡科学教育该怎样的来干呢？我们的教育向来有许多错误，小时读书便成了小书呆子，做教师时便成了大书呆子，因此我们中国没有什么科学，没有什么爱迪生的产生。不但是中等教育完全是洋八股，就是小学也成了小书呆子的制造场。我们提倡科学，就是要提倡玩把戏，提倡玩科学的把戏，科学的小孩子是从玩科学的把戏中产生出来的。我们要小孩子玩科学的把戏，先要自己将把戏玩给他看，任小孩子自由地去玩，不能加以禁止。不能说玩把戏的孩子是坏蛋。

明朝时代，江苏宜兴有一位叫周处的，他有些无赖的行为。当时宜兴的父老，称说地方有三害，一是南山猛虎，一是长桥蛟龙，一是指周处。周处听到了这话，他便杀了猛虎，刺死蛟龙，自己亦改过自新，替地方上除掉三害。我们从事教育的人，也要学做周处，须得自己悔悟，改过自新，再不要教成书呆的小孩子，而要造就科学的小孩子，然则取怎样的态度呢？我可以略为申述我的意见：

一、每个教师都变成小孩子，加入小孩子队里玩把戏。所谓把戏，并不是上海"大世界"游艺场所玩的把戏，像教师这样的尊严，说加入孩子队中玩把戏，似乎不妥当，然而科学把戏，和别的把戏不同。把戏上面加着"科学"二字，冠冕得多。教师应当和小孩子一起玩，而且应当引导小孩子一同玩。大世界的把戏是秘密的，科学的把戏是公开的。知道的就告诉学生，能做的就做给学生看，总须热忱地去干。

二、我们对于科学的把戏，既是愿意和小孩一起玩了，但是没有玩的本领那怎么办呢？不要紧，有法儿可想，我们可以找教师，请他教去。你以前曾经写了一首白话诗，诗的第一句说："宇宙为学校。"此话怎讲？就是想把我们的学校除墙去壁，拆掉藩篱，把学校和社会、和自然联合一起。这样一来，学校的范围广而且大。第二句："自然是吾师。"大自然便是我们的先生。第三、第四句说："众生皆同学，书呆不在兹。"这样一来，我们研究切磋的同学很多，学问也因此很广，先生亦复不少。怎样把我们书呆的壳子脱掉？在我个人，中了书呆子的毒很深，要返老还童的再去学习，固然困难，然而我极力还想剥去书呆的一层壳。如今我报告我的几桩经过的事情。有一回，我买了一只表送我母亲，这表忽然坏了，便送到修钟表匠那里去修理。修表的人说："要一元六角修费。"我说："可以，不过我有一个条件，在拆开的时候，我要带领我的小孩子来看你拆。"他于是答应了。修钟表匠约定在明天下午一时。到了那个时候，我带领了四五个人同去，看他修理，看他装。完结的时候，我向修钟表匠说，你们的工具和药水是到什么地方去买的？他以为我们也去开什么修理钟表店，未免抢了他的生意，所以秘而不宣，随随便便回答我们说是外国来的。我想物件当然是外国来，但是中国店家，当然也有卖处。上海的钟表店，最大的有"亨达利"。我且到亨达利去问声，究竟有否出卖。谁知亨达利的楼上，多是卖修钟表器械和药水的场所。我便买了几样回来。当晚就到小押当里面去买到了一只表，花钱七角。拿回动手开拆，拆时不费多久，一下便拆开了，但是装可装不上去。直到晚上十二点钟，方才成功。于是大家欢天喜地，不亦乐乎。第二、第三天，大家学着做修表拆表的工作，学不多时，好而且快。有一位董先生，他是擅长绘画的，于是叫他拆一部画一部，经此一番工作，而装钟拆钟，全部告成。我们在这一桩事实中，可以说，社会各处都可求获一种技能。钟表店是我们的教室，钟表匠是我们的教师，一元六角便是我们所纳的学费；而我们同去学的儿子、父亲、朋友，都成了同学。回家学习，学习会的，便算对于这一课已经及格。在同道中间，只有我尚不及格，因为我小时手没有训练，书吃得太多，书呆程度太深了。如果我小时候的先生，他用这种方法教我，我不致如此啊！但是我们自己只要肯干，我们的先生很多，不要自己顾虑的。

　　我如今再举一个例子。南京的晓庄学校，自从停顿以后，校具都没有了。如今晓庄又开学了，几个小学校都已恢复，幼稚园的儿童，已有八十多人。我写封信对主办的人说："你们此刻的工作对象，譬如一张白纸，白纸可以随意作画。我希望你们不要乱画。第一笔切须谨慎。"从前孔夫子的讲学，讲堂里没有凳子及桌子；苏格拉底率领弟子在树下讲学，把树根当作椅子。我说这两位先生，有些书呆气，既然没有椅子坐，为什么不自己制作起来呢？如今晓庄学校没有凳子，我们可以请一个木匠来做太先生，教教师和小孩子做凳，而且给以相当的工钱。做一个工，或做一张椅子，便给他多少钱。这种工作十二三岁的小孩很会做。所以自己不会教，可以请太先生。有一天我在上海，走过静安寺路，看见一个女人，手提一花络，上面插着许多棕树叶做的好玩东西。这种东西，在小孩子眼光中看来，着实比洋囡囡好看，于是我便把她请到家里，做我们的教师，教了两小时，结果给我都学会了。做几个虾儿，几只蚱蜢，真是孩子们的好玩意儿。这样看起来，七十二行，行行都可做我们的教师。

　　自己愿意学了，先生有了，但是学校没有钱又怎样办呢？原来大家误会得很，以为施行科学的教育，一定要大大地花一笔钱，不知有些科学不十分花钱，有些教学简直一钱都不要花。我们在无钱的时候，可以做些无钱的科学，玩些不花钱的科学把戏。譬如教小孩子看天文，教小孩子看星宿。天文是一种科学，这种科学，你如果说要花钱，便千百万块钱也可花，因为造一个天文台，置些天文镜及其他仪器，那么百万千万块钱，用去也不嫌其多。说要不花钱的话，我们也可以研究天文，推求时刻和节气。我们两只眼睛，便是一对天文镜；用两根棒，便可做窥视星宿的器具。从前小孩子问他的老师说："先生，这是什么星？"老师只摇着头说道："不知。"如今教师懂得一些科学，知道一些天文，将天空的星宿指点给小孩子看，小孩一定兴趣浓郁。所以教科学，有钱便做有钱的布置，无钱便做无钱的事业。还有我们可以利用现成的东西，玩我们科学的把戏，譬如一只杯子、一个面盆、一根玻璃管、一张白纸，可以玩二十套科学把戏。其他校中所有的仪器，可以充分利用，火柴废纸都可做玩科学把戏的工具。我们没有玻璃管，便可用芦柴管通个孔来替代。内地如果买不到软木塞，可以用湿棉花来做瓶塞，破布烂纸，都可利用。从不花钱的地方干去，这是很有兴趣的。如果推而广之，学校之外，也可给你去干，那是兴趣更浓了。所以我们没有钱，便拣着没有钱的先干。

我如今可以再举一个例子。上海有一个外国人，他专门研究上海所有的鸟，共历五年之久，如今他著成一本书，就署称《上海的鸟》。此书价格要四块美金。另有一外国人，研究中国南部的鸟，也著了一部书，买起来要花十二三元中国钱。居住在上海的中国人，以为上海人烟稠密，哪里有什么鸟。这是他们不留心研究的缘故。据这位外国人的研究，认为上海有四十九种鸟。我们别说上海了，就是内地的乡村，以为除了雀儿、燕子、老鹰、喜鹊四五种鸟之外，没有其他的鸟。这种见地狭窄得很。如果以宇宙为学校，则我们不必在教室中求知识，四处都可以找知识，四处都有相当的材料。要研究鸟类，真不必到什么博物院、动物园中去观察，随时随地都可研究。这位外国先生，他研究鸟的方法，就是在住宅旁边多种些树，树一长大，许多鸟儿便自己送来给他观察。到了冬天，他在树上筑几个巢，留鸟儿们来住宿，庭园里撒些谷类，留过往的鸟类吃点心。夏天置几个水盆，供给鸟儿洗澡。这些研究法，不必花钱，而所得者，都是很真切的知识。

唯在研究科学教育时，有一点要注意，要预防。小学中的教师，捉到一只蟒儿、蚱蜢，便用针一根，活活地钉在一块板上，把它处死，说是做标本。这我以为不对，因为我们观察生物，是要观察活的生物，要观察生物的自然活动。如今将活的生物剥制成死的标本致将生物学变成死物学，生物陈列所变成僵尸陈列所。我近来曾写信和研究生物学的朋友讨论及此。我以为生物不应当把它处死做标本，只可待他死了以后，再用防腐剂保护它，看作朋友死亡了，保存遗躯留个纪念。把活的东西弄死，太嫌残忍，增长儿童残酷的心理，这是不行的。这种意见，我常与研究生物的朋友讨论，他们都说对，他们和我讨论的时候态度很诚恳，想不至于奚落我吧！上海科学社中养有白鼠，工人要拿几只回去，我不许，恐怕他拿了回去要弄死。我们教小孩子能仁慈，知道爱惜生物，这点是很紧要。达尔文研究生物学，他也不轻易杀害生物。中国老年人，多爱惜生物，放生戒杀，虽近迷信，也是仁者胸怀。中国的蛙，向来由政府禁止捕捉的，但是在英国，别说普通人的捕捉，便是生物实验室中想要解剖一只蛙，也要向政府去纳护照，这是很正当的。所以我们要教小孩子养生，不当教小孩子杀生。生物学是一种有兴味的科学，研究起来，也要有许多材料，但是少杀生是要注意的。

　　我还可以申述我得到的感触。我们知道蛙是从蝌蚪变成的，蝌蚪是粒状，像灵隐的念佛珠般大小。有一天，一个孩子从河边，淘到一群蝌蚪，移植到天井中的一个小小池潭里，过了几天，蝌蚪生尾了，再过几天，蝌蚪生足了，小孩子观察得很快活。再过几天，蝌蚪挤得一片墨黑。但是不久，一个都没有了，这并不是成了蛙跳走了的，原来都死光了。这是因为蝌蚪长大了，还是蹲在小潭里，生活条件不适合，所以非死不可。如果我们抱着宇宙即学校的观念，那么野外的池塘，便是我们蛙的实验所，我们要看蝌蚪的变化，我们就时常到那个池塘里去看，为什么要把蝌蚪捉到家中来呢？我们任凭生物在大自然安居乐业，过它们的生活，要观察便率领小孩到自然界去观察。我们须把我们学校的范围扩展，海阔天空便是一个整个的学校。这样一来，所观察的也就比较真确可靠，生物学也不致成为死物学。不然，要讲蛙时，便捞取许多蝌蚪，养育在学校中所备的缸或瓶里，结果死得精光。我希望这样的科学教育不能提倡，否则科学教育提倡得愈厉害，杀死的生物愈多，恐怕蝌蚪死尽，中国的蛙便绝迹了。

所以提倡科学教育，有一点很要注意。欧洲大战，人家都说是科学教育的结果，科学教育之提倡，徒使人类互相残杀。中国无科学，真是中国的长处。这是不信任科学、怀疑科学那一部分人的话。还有一部分人迷信科学，自己终日埋头的研究科学，然而忘了人类，所以拼命在科学上创造些杀人的利器。这实在错误之极。我们须知科学是一种工具，犹如一柄锋利的刀，刀可杀人，也可切菜；我们不能因为刀可杀人废弃不用，也不能专用刀去杀人，需要用刀来作切菜之用，做其有益人类的工作。科学是要谋大众幸福，解除大众苦痛。我们教小孩子科学，不要叫小孩子做少数富人的奴隶，要做大众的天使，不是徒供少数人的利用和享受，当使社会普通的民众多受其实惠。应当用科学来养生，不当用科学来杀生。这是提倡科学教育最紧要的一点。

国难与教育

1932 年 8 月 30 日

我们知道，教育的目的在于解决问题。所以不能解决问题的，不是真教育。不能解决国难问题的，尤其不是真教育。我们必须有了真教育，才能对付国难。教育是什么？教育就是力的表现，力的变化。实则整个宇宙，也就是一个力的表现，力的变化的过程。我们现在要解除国难，先要有力量，因为我们力量不充分，所以才不能对付国难。因此，我们要对付国难，就须以教育为手段，使我们的力量起了变化，把不能对付国难的力量，变成能够对付国难的力量，这才能达到目的。

力量发生了变化，其大小之比较，可分别如下：就是少数人的力，比不上多数人的力；空谈的力，比不上行动的力；散漫的力，比不上组织的力，被动的力，比不上自动的力；头脑的力，比不上手脑并用的力。

我国的传统教育和现行的教育，只能造成少数人的力，空谈的力，散漫的力，被动的力，头脑的力。我们从此要改造教育，使教育普及于大众，使受教育者都能实践力行，从行动上去求得真知识；并使大众组织起来，自动去做他们的事；而仅用脑的知识分子，要使他们变成兼用手的工人，仅用手的工人、农人等都变成兼用脑的知识分子。这才能把少数人的力，变成多数人的力；空谈的力，变成行动的力；散漫的力，变成组织的力；被动的力，变成自动的力；仅用脑和仅用手的力，变成脑手并用的力。于是我们就可以造成极伟大的民族力量，来解除一切国难。

目前中国教育的两条路线[①]

中国有四千余年的历史，二千余年的文化，照理讲来应该站在时代的最前线。为什么现在不但不能和欧美各国并驾齐驱，而且还处处跟人不上？这个原因固很复杂，但是过去教育政策的失败，可以算是主因。

从前的教育是传统政策，单教劳心者，不教劳力者。《孟子》上有说："劳心者治人，劳力者治于人。"从这里就已看得很透彻了。

一般的智识阶级，他们是劳心而不劳力，读书而不做工，所以形成了"书呆子"。教书的人是"教死书"，"死教书"，"教书死"；读书的人是"读死书"，"死读书"，"读书死"。充其量只是做一个活书橱，贩卖智识而已。除此之外，他们的一双手总是不肯拿来使用。我们常常可以看见一般老先生们的手，老是插在袖内，现在的新学辈却因洋衣袖太狭插不进去，所以换个方式插在裤袋里，这可以十足地表现出来中国的智识阶级是不肯用他们的贵手来

[①] 本文是陶行知在国立暨南大学教育学系的演讲。

与农工合作的。现在有一段故事把它引来说说,更可以明白些:二千年前孔老夫子有一次跑到乡间,有个农家儿子要请教老夫子学农圃的事。老夫子答应得他好,你要学农圃的事,可以跟老农去学好了;我是教人读书的,不晓得农圃的事。由此可见一斑了。

　　农工阶级呢?他们是劳力而不劳心,做工而不读书,所以形成了"田呆子"。他们只知道"做死工","死做工","做工死"。除此之外,什么事情都可以不管,就使天翻地覆了,他们也只以为半天下雨,不知来由。他们受尽了剥削,还不知道什么道理,只是听天由命,叹几声命运的舛蹇而已。从前山东在张宗昌为督军时,连年饥馑,而张宗昌又极搜刮之能事,人民困厄,莫可言宣。但是当时的人民,反不知道这个原因究在哪里,只是晓得叩天求神来消除灾苦。试问哪里可以得到安慰?言之可悲而又可怜!

　　中国因为有了"书呆子"和"田呆子",所以形成了一个"呆子"国家。读书的人除劳心以外,不去劳力;除读书以外,不去做工,以致不能生产。他们寄生在社会上,只是衣架饭囊,为社会国家蟊蠹,中国目前的坏,坏在哪里?可以说完全是坏在这一班人身上。做工的人除劳力以外,不去劳心,除做工以外,不去读书,以致不能自保其利益,而受他人的横搜直刮;要他们做国家的主人翁,那更是在做梦。

　　中国现在危机四伏,存亡一缕。做成这个的原因,就是这山穷水尽的传统教育。我们要挽回国家的危亡,必须打破传统的教育而寻生路。我觉得目前中国的教育只有两条路线可以走得通：

（一）教劳心者劳力——教读书的人做工

（二）教劳力者劳心——教做工的人读书

站在现在的时代前，劳心不劳力的固然不行，劳力不劳心的也是不行。中国比不上外国，原因即在乎此。现在英美法意日俄的教育都注意到教劳心的人劳力，教劳力的人劳心，尤以俄国为显现。中国的教育自然也应该走这两条路线——教读书的人做工，教做工的人读书。

中国读书的人不去生利，是一个极不好的现象。现在的教育者要把他们的头脑灌输成科学化，使他们为自己创造、为社会创造、为国家创造、为民族创造。更要把他们的一双手解放开来，使他们为自己生利、为社会生利、为国家生利、为民族生利，这才是对的。南通中学现在应了这个要求，招了六十个学生，先行试试脑手同训练。他们一星期上课，一星期做工，每日工作六小时，所做的工作为金工、土工、木工、竹工、甚至磨豆腐、包面包都来。实行了半年之后，考查他们的学业，程度和其他学生相等，不过教学差些。这六十个学生，既然能够做工，并且能赶得上他们的学业，这是他们已经把两手解放了。我希望他们学校当局推广之，都实行这种工读的设计，同时更希望全国学校都采用，尤其是对于高等教育更为必要。

中国做工的人，不去求知，这也是一个极大的缺憾。无论哪一个国家的工人比中国的工人程度总要胜过一筹，这是事实，无须我们置辩的。因此我国的工人也就只配做被支配的阶级,做被剥削的民众。若要拿"主人翁"的一等金交椅给他们坐,他们是无所措其手足。所以教做工的人读书,是最重要的,而且是刻不容缓的。

  现在已经把用脑的人要用手,用手的人要用脑的理由说过了。希望我们负有教育责任的人,都要注意注意。现在还有一首诗拿来劝劝大家手脑并用:

   人生两个宝,
   双手与大脑。
   用手不用脑,
   快要被打倒;
   用脑不用手,
   饭也吃不饱;
   手脑都会用,
   才算是开天辟地的大好佬。

手脑相长

近来我在报纸上发表了卖艺的广告。过后不久就接得中社一封信：请我于民国二十二年元旦正午的时候来演讲。我很高兴，不过社会上有许多人或尚对我怀疑。有一位朋友作了一首小诗，替我卖艺取一个名字叫作"水门汀文艺"。这位朋友告诉我的意思是很深的。譬如有人在新世界门口水门汀上写了一大篇文字，说因为没有路费回家，求人解囊相助。我觉得这个名字很好，非常欢迎。这是对于我卖艺的解释。其次，刚才李先生问我：卖艺的生意好不好？我不敢说不好，因我说不好，人家不相信。有人要问我：为什么你要卖艺？今天我也要报告一下。在我的卖艺广告里有一句说："乡下先生难度日。"要晓得乡下先生有许许多多人难度日，不只我一个乡下先生难度日。中国现在有许多人不得日子过。我的卖艺广告是等于一个报告，使人家都知道乡下先生都难度日，就如那陶知行也在卖艺了。我有一首诗描写乡下先生的苦况，现在可来背一下：

生长三家村，去来五里店。知己遍天上，终身不相见。雪花飞满天，身上犹无棉。一天吃两顿，有油没有盐；有油没有盐，饿肚看水仙。试问甜后苦，何如苦后甜。进城来索薪，轮流候茶园；薪水领不着，大家凑茶钱。爸爸长叹气，妈妈也埋怨。已经三十岁，还没有家眷。

现在乡下先生只有三条路好走：（一）要么饿死；（二）要么革命；（三）要么去投河。在这种情形之下有十几万人没有把他们的出路问题解决。不过他们本身的问题不能在他们本身上解决。农民生活的问题没有解决，乡村教师的生活问题就不会解决。

我本来无产阶级出身，后来出洋回来渐渐变成了中产阶级中人。现在却由中产阶级渐渐地流落到无产阶级了。所以我对于中产阶级与无产阶级的情形都知道一点。我有一种信仰和决心：要从中产阶级不爬上去，而要爬下来。其实爬下来就是爬上去，要爬上去就要落下来。我为什么要走这一条路？可把我的一段历史来简单说一说：我在中产阶级登峰造极的时候，就是当中华文化教育基金委员会的干事，每月有四百元薪水，一百元公费。当时我家里的几个小孩子一起变成了少爷，没有小姐，因为我没有女孩子。他们添饭有人，铺床折被也有人。我小时候尚做些事，而他们现在一些事不做，将来大的时候不得了。慢慢享福惯了害我自己是小事，害这些小孩子是不得了的。因老妈子和用人把我们小孩子的手都变坏了，成了无用的手；把我的小孩子的脚也变坏了，成了无用的脚。小时候不能动手用脚，大的时候当然一切事要别人做；小的时候做惯少爷，大的时候当然做老爷。我以为世界上最有贡献的人只有一种，就是头脑能指挥手指行动的人。中国都是用头脑的人不用手，用手的人不用头脑。年成虽好，农民生计仍很苦，这因为他们的头脑不会去想。一般人读书都是读死书，死读书，读书死。日本人打进来了，我们只会喊口号。可是我们干了几十年，到现在所用的电灯，所坐的汽车，都是外国人做的。我们自己不会造出来，这是什么缘故？这为了书呆子不去干科学的事业，因他不用手去试验，不用手去创造。一定要四万万人用手推动机器，才能把中华民国创造起来。头脑帮手生长，手帮头脑生长。

中国有两种病：一种是"软手软脚病"，一种是"笨头笨脑病"。害"软手软脚病"的人，便是读书人，他的头脑一定靠不住，是呆头呆脑的。而一般工人农民都是害的"笨头笨脑病"，所以都是粗手粗脚。一个人要有贡献于社会，一定要手与脑缔结大同盟。然后，可以创造，可以发明，可以建设国家，可以把东三省拿回来！要东三省拿回来，没有这么容易，必须要用手去拿回来！

老妈子和用人天天替代我的小孩子的手，使他们的手都变成无用的手，故我决心把五百元一月的干事职位不要了，去当一百元一月的校长。我们学校里没有一个听差，没有一个斋夫，各事都是学生自己干。我写了两首歌，一首是勉励学生的，一首是戒人不要做双料少爷。

第一首：

滴自己的汗，吃自己的饭；自己的事自己干。靠天靠祖上，不算是好汉！

第二首：

自从家父做老爷，人人呼我阔少爷。谁知我还是自倒洗脸水，远不如进个学堂儿。上课看情书，下课拜小姐，不高兴闹个风潮儿，直要教员怕我如同儿子怕爹爹！请看今日卖国贼，哪一个不是当年的双料少爷！！！

上面两首歌，一首是建设论，一首是破坏论。我们学校里没有听差，结果很好。男学生挑水烧饭，女学生倒马桶。饭是很好吃，为什么马桶不好倒？当那女学生初来投考我们的学校，我先要问她一声，愿意不愿意倒马桶？愿意倒马桶的来学。虽然倒马桶不能救国，但是它的进一步的意思很深。能倒马桶，小姐的架子打破了！她的一双手拿出来了，将来会玩出比外国更好的电灯出来，会玩出比外国更好的汽车出来，会玩出比外国更好的飞机出来。

至于各种人的手，如穿马褂子的人的一双手都缩拢在袖管里面，穿西装的人的双手都插在裤袋里，老先生的一双手指甲留得长长，成一种曲线美，双手镶在袖管里。女学生的一双手都用手套子套了起来。因一双可以创造的手，套起来了，故把中华民国一起都套进去了，不能出头！

现在再讲脚。脚也要动动。从前女子绕小脚，用布包包。现在学外国新法绕小脚，应用几何学原理，高跟皮鞋就是一种几何三角形的道理。穿了这种皮鞋，脚不易走动了，弄得不好，就要跌跤。这样的女国民，能与日本去奋斗吗？多一个人穿高跟皮鞋就是少一个人去奋斗。要解放脚，非打倒高跟皮鞋不可。要解放手，非打倒手套不可。新近我写了一首歌，知道的人已很多了。现在再来背一下：

人身两个宝，双手与大脑。用脑不用手，快要被打倒。用手不用脑，饭都吃不饱。手脑都会用，方是开天辟地的大好老。

这大好老，人人都会做！只要两只手拿出来用就行。中华民国不是几千个人几万个人所能做得好的。一定要四万万人都来推动机器，才可创造成功！这非用手不可。

脑与手没有力量，因血脉不相联通。我下了两帖药，叫它们的血脉联通起来。第一帖药名叫"脑化手"，使人人都有脑筋变化过的手。还有一帖要给无产阶级的农人和工人吃的，药的名字叫"手化脑"，就是一面用手，一面要有思想。倘若就把用脑不用手的人的呆头呆脑拿来装过去却是不配的。几百年来，瞎子教育的成绩证明我们的一双手可以变化我们的脑筋。手做了工，脑筋就变化了。一经变化之后，手与脑筋互相长进。怎样变化的法子，我可举一个例子来说明。我在上海办过一个小小的试验。就大场地方租了一间房子，里面的凳子都是从乡下人那边借来用一下。我们要自己学来做，请了一个木匠师傅来。不当他小工,当他一位太上先生,由我这大书呆子带了一班小书呆子跟他学。我对他说:"我们工钱不少你的,工钱照你的工作分配,所有四十只凳子一齐由你做好,我们一钱不给你。你能教会了一个书呆子做凳子,就有一个凳子的工钱。你教会了两个书呆子做凳子,就有两个凳子的工钱。"现在凳子都已做起来了,这样各人的手一用过后,自己买了一样科学仪器,自己就能仿造了。对这件事我已写了一首小诗:

他是木匠,我是先生。先生学木匠,木匠学先生。学学学,我变了木匠,他变了木匠先生。

脑筋与手联合起来,才可产生力量,把"弱"与"愚"都可去掉,手与脑联起来,既有力量了,力量要在哪一方面表现出来?我以为力量要从两方面表现出来:

(一)要叫力量武装起来。全国的国民,武装了才有力量。这种力量才能广大。不说别的,就拿广西来说罢。据广西的民政厅长雷殷与新近从广西考察还沪的杜重远[1]先生等讲,都很清楚,他们广西那边只有八个字,"寓兵于团,寓将于学"。过去的一年,已练成三十六万民团。预计五年可练二百万民团。不是个人来当民团,是个个人背了枪来干。各地的县长就是武装的团长。全省正式军队只有两师(即五万人)。他们把省下来的钱培养人民武力。老实说,

---

[1] 杜重远(1897—1943),吉林公主岭人,早年留学日本。"九一八"事变后,积极投入抗日救亡运动。后协助邹韬奋编辑《生活》周刊,主编过《新生》周刊。1943年被军阀盛世才杀害。

日本人不来上海之前，他们早已在训练民团，整个的省份武装起来了。现在已经有成效。民众团体化、纪律化、武装起来，才能做中华民国的主人翁，才能消灭内战，才能打破外来的帝国主义侵略。几时日本兵要到北平？我们不知道。不过谁敢说日本兵不来？所以我们应该有这种准备！

（二）力量不只在武力上表现，还要在生产上表现。要有计划有组织地生产。一般年纪大的人，再要学起来很难，可是我们不要忘记我们的小孩子。有几个小孩子的，总得让他们多受一些科学的训练与生产的训练，从小的时候教起来。我们自己做一些粗工，不要老妈子和用人去做，小孩子见了，也会跟着大人做了。我有几首儿童歌，是包含使儿童有创造的意思，现在背出来：

  我是小盘古，不怕吃苦；我要开辟新天地，看我手中双斧！（《小盘古》）

  我是小牛顿，让人说我笨；我要用我的脑筋，向大自然追问。（《小牛顿》）

  我是小孙文，我有革命精神，我要打倒帝国主义，像个球儿打滚。（《小孙文》）

  我是小工人，我的双手万能，我要造富的社会，不是造富的个人。（《小工人》）

今天所讲的可归纳为三点：（一）脑与手联合起来才能产生力量；（二）力量要在自卫政策上表现出来；（三）科学生产上头才把这力量表现出来。西洋人的耳朵只听得进的一个字，就是"力"字。你有力，他们听你；你没有力，他们不听你。

现在，我还有四句话要说，就是：

  不愿做工的，不配吃饭；不愿抵抗的，不算好汉。

今天是我卖讲的头一回，也可说今天是我的处女讲。

创造的教育

诸位同学：

我今天的讲题是《创造的教育》。

什么是创造的教育？先说明"创造"两个字的意义。我举两个例子来说吧。鲁滨孙漂流到荒岛上去，口渴了，白天他走到海边用手去捧水喝，到黑夜里就没有办法了。他偶尔在灶的旁边，看见经火烧过的泥土，硬得如石子一样。他想到软的土经火烧了，就成坚固且硬的东西，于是他把土做成三个瓶子，放入火中去烧，烧碎了一个，其余的两个可以满满地盛着水。于是他口渴的问题完全解决了。我们把这件事分析起来，可以发现三点：他用手捧水喝，到黑夜发生了困难，是他的行动；发现泥土经过火烧变成坚固且硬的东西，也是他的行动；把泥土塑成了瓶，希望同烧过的土一样的坚固，是他的思想。结果，他瓶子盛水的计划成功了，是新价值的产生。由行动而发生思想，由思想产生新价值，这就是创造的过程。这个例子是"物质的创造"。再如《红楼梦》上刘姥姥游大观园，贾母请客，后来唤了二只船来，贾母同媳妇等人在前船先行，宝玉同姊妹们在后船后行。河内氽满着破残荷叶，宝玉的船划不快，追不上前船。宝玉心里非常愤怒，马上要铲光破荷叶。薛宝钗说："现在仆人们很忙碌，等他们空了，再叫他们铲除吧！"林黛玉说："我平生最不喜欢李义山的诗，只有一句还可以。"宝玉问她究竟是哪一句呢，黛玉说："'留得残荷听雨声'一句。"宝玉一想，觉得破荷叶很有用处，就不再要铲荷叶了。这个例子中，船行到荷叶中去，是行动；破荷叶妨碍行船，是行动；林黛玉提出李义山的诗句，是思想；宝玉心中厌恶的破荷叶，一变而为可爱的天然乐器，是产生了新的价值。这种新观念的成立是心理的创造。

我现在再讲行动，关于教育上的行动。中国现在的教育是关门来干的，只有思想，没有行动的。教员们教死书，死教书，教书死；学生们读死书，死读书，读书死。所以那种教育是死的教育，不是行动的教育。我们知道王阳明先生是提倡"知行合一"说的，他说"知是行之始，行是知之成"。他的意思是先要脑袋里装满了学问，方才可以行动，所以大家都认为学校是求知的地方，社会是行动的地方。好像学校与社会是漠不相关的，以致造成一班只知而不行的书呆子。所以阳明先生的二句话，很可以代表中国数千年的传统教育的思想。现在我要把他的话翻半个筋斗。如果翻一个筋斗，岂非仍是还原吗？所以叫他翻半个筋斗，就是说："行是知之始，知是行之成。"例如爱迪生发明电灯，不是从前的人告诉他的，是玩把戏而偶然发现的。小孩子不敢碰洋灯泡，是他弄火烫痛的经验。至于妈妈告诉他火是烫人的，不过使小孩子格外清楚一些。所以要有知识，是要从行动中去求来，不行动而求到的知识，是靠不住的。有人告诉你这是白的，那是黑的，你不行动，就不能知道哪个是真，哪个是假。有行动的勇敢，才有真知识的收获。书本子的东西，不过告诉你别人得来的知识。有许多人著书，东抄西袭，这种抄袭成章的知识，不是自己知识的贡献。你能行动，行动才生困难，想法解决了困难，才是真知识的获得。我现在介绍杜威先生思想的反省（Reflectria of Thinking）中的五个步骤：（一）感觉困难；（二）审查困难所在；（三）设法去解决；（四）择一去尝试；（五）屡试屡验，得到结论。我的意思，要在"感觉困难"上边添一步："行动"。因为唯其行动，到行不通的时候，方才觉得困难，困难而求解决，于是有新价值的产生。所以我说行动是老子，思想是儿子，创造是孙子。你要有孙子，非先有老子、儿子不可，这是一贯下来的。但是我们知道，单独的行动，也是不能创造的。如中国农夫耕种的方法，几千年来，间有小小的改良外，其余的都是墨守成规，毫无创造。还有许多书呆子，书尽管读得多，也不能创造。所以要创造，非你在用脑的时候，同时用手去实验；用手的时候，同时用脑去想不可。手和脑在一块儿干，是创造教育的开始；手脑双全，是创造教育的目的。孟子说："劳心者治人，劳力者治于人。"这是孟子当时的教育思想。时至今日，这种传统的思想已经起了一个极大的地震，渐渐地在那里崩溃了。我最近读了世界许多有名科学家的传记，觉得有发明的人，都是以头脑指挥他的行动，以行动的经验来充实他的头脑。中国的所谓学者，他们擅长的是高谈阔论，做空文章。而做劳工的人，又不读书，不肯用脑，所以一辈子在这种传统习尚下过生活，大科学家、大发明家哪里会产生？现在我们知道了，劳工教育啦，平民教育啦，都是时见时闻的。但是情势一变，"反动""嫌疑"等等名目都加上来，你就陷于四面碰壁的绝境。有许多教育界很有声望的、无阻无碍的人，他们又不愿去干，以致这种教育至今还尚在萌芽时代。

行动的教育，要从小的时候就干起。要解放小孩的自由，让他做有意思的活动，开展他们的天才。至于我们一辈，从小是受传统教育的熏陶，到现在觉悟起来，成为一个半路出家的和尚。和尚是半路出家，他往往会想起他的家来。例如不吃鸦片的人，一见鸦片就生厌恶，但吃过鸦片的人，虽然戒了，至少对它有相当的感情。我们小的时候，有天赋的行动本能，不过一切工作都被仆人们代做去了，被慈善的妈妈代做去了。稍长一些，我们到小学校去读书，有阎罗王般的教师坐在上面，不许我们动一动。中学和大学的课程是呆呆地定死在那里，你要动亦不得动。到现在始费尽九牛二虎之力，挣扎着改变久受束缚的人生，还不能回复自然的行动本能。但是我们不要灰心，时机也并不算晚，富兰克林四十几岁才发明了避电针呢！不过行动的教育，应当从小就要干起，因为小孩子还没有斫丧他行动的本能，小小的孩子，就是将来小小的科学家。假使我们给小孩子自由行动，我相信千百孩子之中，一定有一个小孩是天才，是一个创造者、发明者。爱迪生小时候，是个很喜欢行动的小孩子。当时美国的教育，也同中国一样，小学教员是禁止小孩子活动的。爱迪生违反了教师的训条，就蒙到"坏蛋"的声名，不到三个月，爱迪生被"坏蛋"的空气逼走了。爱迪生的母亲不服气，她以为她的儿子并不是"坏蛋"，"蛋"并没有"坏"，她就教他先在地窖里研究化学，后来研究物理，结果成了一个闻名的科学家。所以爱迪生的成功，幸而有他的妈妈，否则老早就把他的天才牺牲了。牛顿生下来的时候，小到像小老鼠一只，体重只有三磅。看护妇去请医生的时候，很不高兴地说："这样小老鼠一般大的东西，等到医生来，早已一命归天了。"岂料小老鼠一般的东西，就是以后闻名的科学家，还活到八十多岁呢。据说牛顿小的时候，并不聪明。可见小孩子的时代，很难看得出哪一个是天才的儿童。

四月四号是世界儿童节，中华慈幼协会请我编了四支儿童歌：

（一）小盘古

我是小盘古，
我不怕吃苦。
我要开辟新天地，
看我手中双斧。

（二）小孙文

我是小孙文，
我有革命精神。

我要打倒帝国主义,
像个球儿打滚。

(三) 小牛顿

我是小牛顿,
让人说我笨。
我要用我的头脑,
向大自然追问。

(四) 小工人

我是小工人,
我有双手万能。
我要造"富的社会",
不造"富的个人"。

我们要打倒传统的教育,同时要提倡创造的教育。他的办法是怎样呢?我们知道,传统的教育,他们一个教室容纳四五十人。试问教师的力量有多么大?能够完全去推动全级学生?所以就发生了教育方法上的错误。我们现在的办法是教师教大徒弟,大徒弟再去教小徒弟,先生在上了几堂课以后,鉴别了几个较有天才、聪明的大徒弟。以后教师就专门去教大徒弟,所以他的精神容易去推动他们,学问也容易灌输到他们头脑中去。大徒弟再把他所得到的,分别的去教那些小徒弟。学生们很活动地去找寻知识,解释困难,贡献他所求得的知识,先生不过站在旁边的地位略加指点而已。我们认为这种教育,是行动的教育。有行动才能得到知识,有知识才能创造,有创造才有热烈的兴趣。所以我们主张"行动"是中国教育的开始,"创造"是中国教育的完成。我曾经参观过一个学校,这个学校是小孩子办的。我问他们说:"你们是大小孩子教小小孩子吗?"有一个小孩子回答说:"是的,不过有许多时候小小孩子也教大小孩子呢。"我说:"你的话是对的,是真理,比我的意见更进一层。"现在中国传统教育下的智识阶级,根本就看不起小孩子,看不起农人、工人。但是试问他们的力量有多么大?倭奴侵占我们的东三省,你有力量赶走他吗?不可能!我们要启发小孩子,启发农人、工人,运用大多数人的力量,才能够去创造,才能救国雪耻。我来举一个例子,证明农人的力量并不弱。从前我办一个学校,在校的旁边凿了一口井,专门供给学校用水的。有一年大旱,乡村中旁的井水都汲干了,所以乡民都集中到校旁井内来汲。后来这口井也涸竭了,于是我们校里,因为水的恐慌开了一个会。当时有人主张,把井收回自用。我不以为然。我说:"我们的学校,是以社会做学校的,不应该把社会圈出于学校之外。假如这样,我们将来推广农事和民众教育就不容易办了。用水既是大众的事,还不如请大众共同来解决。于是请各村庄每家派一个代表,男的、女的、小孩子在十三岁以上的都可以,没有多少时候,礼堂上已挤满了代表。我们教员们,自觉居于孔明的地位,三个臭皮匠合成一个诸葛亮的地位,所以黄龙宝座的主席,推了一个十三岁的小孩子。我们略略讲了几条会场规则之后,就正式开会。那一天的会,非常有精彩,有力量,当时发言最多且最好者,要推老太婆!好!我们来听听一个老太婆的宏论。她说人是要睡觉的，井也是要睡觉呢！井不让它睡觉，一辈子就没有水吃。所以当时一致议决井要睡觉。自下午七时起至翌晨五时止，不得唤醒井，违者罚大洋一元，作修井之用。当这个老太婆发言未完，另有一个老太婆，也想立起来发言，就有第三个老太婆牵牵她的衣襟，制止她的发言，说："不是方才先生说过的吗？"你想他们非但能够自治，而且还能管理他人，所以当时会场发言的人非常多，秩序还是一丝不乱的。他们讨论了好久，还制成几条议案：第二条就是汲水的程序，先到者先汲，后到者后汲，违者罚大洋五角，作修井之用；第三条就是再开凿一井，把太平天国时留下淤塞的废井加以开凿，经费富者多捐，贫者少捐，茶店、豆腐店也多捐一些；其四，推举奉天刘君世厚为监察委员，掌理罚款，调解纠纷。结果，一个大钱都没有罚到，因为这是出于农人自动的议决，所以大家能遵守。你看农人的力量是多么大，他们的话多么的公正和有效，这种问题来的时候，岂是少数人所能干得了吗？不过他们的旁边，还是需有孔明在那里指示，否则恐怕到如今，井还没有开凿成功。所以创造的教育应该启发农人、工人、学生……使他们得真的知识，才是真的创造。

其次我要讲的：现在中国的教育组织，是不能创造的。我们可以分两种来说：第一种，学校是学校，社会是社会。他们认为学校是求知的地方，社会是行动的地方；他们说读书不忘救国，救国不忘读书。日本人的炮弹已经飞到他们面前，还是子曰子曰读他的书，这种教育是亡了中国还不够的。第二种，他们已经觉得学校是离不开社会的，所以他们主张"学校社会化"，他们想把社会的一切，都请到学校里来，所以学校里什么都有：公安局啦，卫生局啦，市政厅啦，什么都有。但是他们所做的与社会依旧是隔膜的。况且学校有多么大？能够包罗万象？他们的学校好像大的鸟笼，把鸟儿捉到笼里来养；又好像一只大缸，把鱼儿捉到缸里来养。结果鸟儿过不来鸟笼的生活，死了；鱼儿过不来鱼缸的生活，死了。所以这种似是而非的教育是不自然的、虚伪的和无力量的，也不是创造的教育。创造的教育是怎样呢？就是"以社会为学校""学校和社会打成一片"，彼此之间，很难识别的。社会含有学校的意味，学校含有社会的意味。我们要把学校的围墙拆去，那么才可与社会沟通。这种围墙不是真的围墙，是各人心中的心墙。各人把他的感情、态度从以前传统教育那边改变过来，解放起来。实则这种教育，只要有决心去干，是很容易办到的。例如大夏大学的附近有许多村庄，庄上的人，都是散漫的，无教育的。假使我们把学校与村庄沟通，大学生都负责去创造新村，村上的人，都接受到知识，形成活泼的有力量、有生命的村庄，再把全中国所有的村庄联合起来，构成一个有大生命的中国，民众的力量可以集中，国难也可共赴。这样做去，要普及教育，一年就可以成功。我们自近而后远，先小而后大，着手办去，把小孩子、农人、工人都培养起来，这才是创造教育的目的。中国现在的教育不是平等发展的，是畸形发展的，一方面有博士、硕士，一方面有一大群无知识的民众，迟滞的表示不出多大贡献。

现在我再要讲，创造的教育是以生活为教育，就是生活中才可求到教育。教育是从生活中得来的，虽然书也是求知之一种工具，但生活中随处是工具，都是教育。况且一个人有整个的生活，才可得整个的教育。举个例来说吧，有一个儿子，他是喜欢赌博的，他的母亲训斥他。不过他的母亲却悄悄地到邻舍去赌博了，他在窗内看见他的母亲赌博，于是也到别处去赌博了。这个孩子过的是赌博生活，受的是赌博教育，不期而然而成赌博的人生。某学校反对我"生活即教育"的主张，我去参观他们的学校，适逢吃饭的时候，他们的饭菜是有等级的，厨子巴结先生，先生的菜特别好；学生的菜，简直坏之不堪。他们请我在先生一桌吃饭，我愿意同学生一块儿吃。学生的饭菜坏到怎样呢？他们名为一碗肉，肉仅在碗面上有几小块，学生在未下箸的时候，目光炯炯地早已看准那最大的一块，一下箸，一碗饭还没有吃完，而菜已吃得精光了。这种饕餮的状态，无形中在饭堂里更造成了许多小军阀。这个学校，是不把吃饭问题归入教育范围之内的。有许多学校对于男女学生的恋爱，他们是讳莫如深，但恋爱问题，往往在学校里闹遍。现在生活的教育是怎样呢？我们知道恋爱、吃饭等问题都是非常重要的，所以，恋爱先生我怕你，请你进来；吃饭先生我怕你，请你进来，我们一块儿干吧！我们的教育非但要教，并且要学要做。教而不学，学而不做，叫作"忘三"。我们要能够做，做的最高境界就是创造。我们要能够学，学从生活中去学，只知学而不知做，就不是真的学。我们要能够教，教要教得其所，要有整个的教育，平等的行动的教育，不要像现在畸形的教育。有人说我的创造教育，不成其为学校，我做了一首诗："谁说非学校？就算非学校。依样画葫芦，简直太无聊。"

传统教育与生活教育有什么区别

1925 年

前星期日来晚了，听说大家在此地讨论一个很有趣的问题，叫"吃人教育与生活教育有什么区别？"我不能参加讨论，没有发表意见。今天，又来晚了，现在我发表我的一点意见。

吃人教育与生活教育有什么区别？我的意思，不如说"传统教育与生活教育有什么区别？"所谓吃人教育，就是指传统教育而言的。现在，我们可以这样说：传统教育，是吃人的教育；生活教育，是打倒吃人的教育。

传统教育怎样是吃人的教育呢？他有两种吃法：

一、教学生自己吃自己。他教学生读死书，死读书；他消灭学生的生活力、创造力；他不教学生动手、用脑。在课堂里，只许听教师讲，不许问。好一点的，在课堂里允许问了，但他不许他出到大社会里、大自然界里去活动。从小学到大学，十六年的教育一受下来，便等于一个吸了鸦片烟的烟虫，肩不能挑，手不能提，面黄肌瘦，弱不禁风。再加以要经过那些月考、学期考、毕业考、会考、升学考等考试，到了一个大学毕业出来，足也瘫了，手也瘫了，脑子也用坏了，身体的健康也没有了，大学毕业，就进棺材。这叫作读书死。这就是教学生自己吃自己。

二、教学生吃别人。传统教育，他教人劳心而不劳力，他不教劳力者劳心。他更说："劳心者治人，劳力者治于人。"说得更明白一点，他就是教人升官发财。发谁的财呢？就是发农人、工人的财，因为只有农人、工人才是最大多数的生产者。他们吃农人、工人血汗、生产品，使农人、工人自己不够吃，就叫作吃人的教育。

生活教育与传统教育则刚刚相反：

一、他不教学生自己吃自己。他要教人做人，他要教人生活。健康是生活的出发点，他第一就注重健康。他反对杀人的各种考试，他只要创造的考试，也就是他不教人赶考赶人死。简单地说来，他是教人读活书，活读书，读书活。

二、他也不教学生吃别人。他不教人升官发财，他只教中国的民众起来做主人，做自己的主人，做政府的主人，做机器的主人。他教人要在劳力上劳心。即使有人出来做官，他是要来服侍农人和工人，看看有吃农人或工人的人，他要帮助农人、工人把他干掉。做官并不坏，但只要能够服侍农人、工人就是好的。他更要教人做到"工以养生，学以明生，团以保生"。说得更清楚些是：教大众以大众的工作养活大众的生命；以大众的科学明了大众的生命；以大众的团体的力量保护大众的生命。

小先生与民众教育

今天贵馆民众教育服务人员训练班举行开学典礼,行知能躬逢其盛,参与大典,心里觉到非常快活。刚才冯先生及两位来宾,已说了许多我心里所要说的意思,现在行知再简单地说几句。

近来我对"民教"二个字有点感情。教育在从前甚至现在是被少数有钱人把它当作私有财产占住了,就如同占取金钱一样,非但把它占有,而且还要存在银行的铁柜里牢牢保护,不轻易传给别人。我以为"民众教育"的根本意义,就是教人把知识广散给大众,不是像占取金钱一样,把它封锁在少数人的脑袋里,把头弄得大大的。干民众教育,便是要把教育、知识变成空气一样,弥漫于宇宙,洗荡于乾坤,普及众生,人人有得呼吸。空气是不要钱买的,人人可以自由呼吸,教育也就不能以金钱做买卖,人人可以自由享受。把教育当作商品做买卖,只被少数有钱人霸占,使大多数人像坐牢一般受限在一个"愚者之群"的圈子里,这绝对不行,我们极力要否认。有了空气人才活,没有空气人便活不成。空气是人人需要，人人不可少。教育也是人人需要，人人不可少。新鲜空气是有益于人的，教育也必不能仅是些泥灰污浊气，给人以害生。所以把教育、知识化作新鲜空气，普遍地广及于大众，人人可以按其需要，自由呼吸，因而增加大众以新的生命活力，我以为这便是民众教育最主要的意思。不过挂着民众教育的招牌，不见得就会把知识变成空气，必得要有办法才行。在我看来，这办法便只有运用小先生，小先生便能把知识变成空气。

小先生出世尚未到一年，而它的怀胎，却远在十数年以前。小先生最重要的几位接生婆，除我以外，你们的主任冯先生也是一个。今春"一·二八"宝山普及教育动员令，便是冯先生发的（《生活教育》第一期画报，很希望大家一看）。每村小先生发令旗一面。普及教育，把知识变作空气！

小先生为什么能把知识变成空气一样的容易普遍呢？因为小先生便是小学生，他早上学了两个字，晚上便可以把这两个字拿去教人，此刻学了一件知识或技能，彼时即可以把这一件知识或一种技能去教别人，他不像大先生一样要领薪水。所以我们可以不花经费把教育普及出去。

有人说，小先生要有相当程度才行，我敢保证说，六岁小孩便可以做小先生，这是有着铁打的事实。当然，小先生遇到的困难非常多，我现在正要写小先生的八十一难。《西游记》上唐僧取经，要经过九九八十一难关，幸而有三个徒弟费了很大的力量把它一个个地解除了，有的是猪八戒帮助解除的，有的是沙僧帮助解除的，而帮唐僧解难关最多的要算孙悟空。现在小先生普及教育，正犹如唐僧向西天去取佛经一样，要经过八十一道难关。我们做个猪八戒也好，做个沙僧也好，做孙悟空更好，总动员去帮助小先生解除一难又一难，把教育变成新鲜空气普及出去，以增加大众的新兴力量。

用小先生普及教育，还有四点比大先生好的地方：

第一，中国最难普及的是女子教育。乡下十七八岁大姑娘，或是二十几岁的大嫂子，一位年轻的男先生去教，乡下人是看不惯，不欢迎你去教的。即有较开通肯受教了，不多时，谣言来了，女学生不敢上学了，甚至把学堂封掉了，男先生失败了。女先生去教固然是很好，可是女先生太少了，而且女先生大都是些少奶奶、小姐，肯下乡的真是难得。有勇气下乡的怕蛇，怕鬼，怕小偷，又吓跑了。如果是男校长请女教员，那又有困难问题。夫妻学校最好，可是又太凤毛麟角，少之又少了。现在小先生来了，女子教育就如雪团见太阳，一见冰消，问题一笔解决。广东百侯中学有三百小先生，教两千多民众，其中女人就有一千五百人之多，由此可见小先生，对普及女子教育问题解决之一斑。

第二，有人说，中华民族现在是衰老了。我推究其原因虽多，但有一个原因，便是被人教老了。六岁小孩子，大人就教他要"少年老成"，而这小孩子也就无形中涂上两个八字胡须，做个小老夫子了。我有一个大学毕业的学生，他到一个女子中学去当教员，可是年纪太轻了，很不为人敬重。后来教员不当，找了一件别的事做，便养成一嘴胡子来，本来是个美少年，一变而为美髯公，因此很受人敬重而做了许多年的事。所以中华民族衰老，便是社会教人变老，教小孩子做小老翁。用小先生教人便不同了，大人跟小孩学，无形中得到一种少年精神，个个变为老少年。本来大人者，不失其赤子之心者也，这样一来，朝气必格外勃勃。前天在上海西区小学开小先生会，有一位小先生教一个八十三岁老太婆。又有一位孩子，教其德国母亲认中国字，写的故事均非常生动有趣。南京有一个丁广生小先生，教他父亲。他父亲有一天用笔画一个乌龟，画一角菱角。小先生不懂，问他父亲什么缘故。他父亲告诉他说："我画着玩的，这意思是说：菱角怕乌龟，乌龟爱菱角。"后来丁广生便把这几个字写出来教他，父亲读得非常有趣。前天下午两点半钟，我未吃午饭，正想出去买两块烧饼充饥时，忽接西桥小先生来的信，我便坐在门外一个竹椅上拆开来看：有一位小先生教他六十二岁的祖母。他的祖母能读能认不能写字，小先生便代祖母口里说的意思写信给我，精神非常好，我看得饭也忘记吃了。在这许多故事中，可以看出中华民族可以因小先生而转老还童，而得一种新兴的少年精神。

第三，刚才我已经说过，过去甚至现在，教育是被少数有钱人把它当为私有财产占有。小先生一出来，"即知即传人"，立即把这种观念撕得粉碎，要知识公有，不在私占。要把教育化为"春风风人，夏雨雨人"一样，人人有得到沾施的机会。"天下为公"的基础，第一步便要知识公有,这一点小先生是可以帮助我们,一个钱也不要花地做到。

第四,一般乡村小学要和学生家庭联络,很多困难,教师感觉孤立,学校感觉单调。利用小先生那便好了。小先生是一根根流动的电线,这一根根电线四方八面伸展到社会底层构成一幅生活教育网、文化网,把学校与家庭构成一体,彼此可以来往,可以交通。它把社会所发生的问题,所遇到的困难,带回学校,再把学校里的知识技能带回社会去。这样一来,如有一位教师,三十位小学生,而这三十位小学生便是三十位小同志,教师不再孤立,学校也不再和社会隔膜,而能真实地通出教育的电流,碰出教育的火花,发出教育的力量。训练班诸位同学,现在最要紧的一件事,便是"怎样把小先生的办法得到?""怎样把学校教育与社会教育打成一片?"将来到一处办民众教育馆,最要紧的,便是要和当地的小学校联络,和私塾联络,和店铺里的能看报的掌柜联络,要发动他们都负起教人责任,即知即传人,共同普及教育。还有一点,办民众夜校,开学后学生只见少而不见多。我们也得要教学生去做先生教人。譬如有四十位学生,我们教他们每人回去教二个人,这样便一共有一百二十位学生了。这样成人做先生,我们不叫他"小先生",叫他做"连环先生"或"传递先生"。因为他是要继续不断地循环着,学后去教人。最后我还有几句话要向诸位贡献。

我们现在办民众教育必得要承认:

农人最好的先生,不是我,也不是你,是农人自己队伍里最进步的农人！

工人最好的先生，不是我，也不是你，是工人自己队伍里最进步的工人！

小孩子最好的先生，不是我，也不是你，是小孩子队伍里最进步的小孩子！

我们现在最要紧的工作便是：

帮助进步的农人格外进步，由他们"联合自动"，领导全体农人一同进步！

帮助进步的工人格外进步，由他们"联合自动"，领导全体工人一同进步！

帮助进步的小孩子格外进步，由他们"联合自动"，领导全体小孩子及时代落伍的成人，一同进步！

普及教育[1]

1934年12月24日

刚才谢先生介绍陶知行，陶知行已经死了，我现在的名字叫陶行知。让我先来介绍自己，陶行知出生才三个月，可以代表我的思想的转变。"知行"变成行知。陶知行这个名字，跟我已有二十四年，因为这个名字跟我太久，所以不愿改，并且有人说我喜欢花样翻新，所以终于没有改。三个月前忽然改了，改的原因何在呢？因为许多顽皮的小朋友，写信给我早就改称行知先生。还有一位德国朋友卫中先生，常常喜欢喊我"行知"，他说中国人如果懂得"行知"的道理，而放弃"知行"的传统思想，才有希望。我名"知行"，而主张"行知"，这不是挂羊头卖狗肉吗？经过许多朋友的鼓励，所以我毅然决然在苏州改名陶行知。我的朋友谢育华，看了《古庙敲钟录》之后对我说，你的理论我明白了，是"知行知"，底下这个"知"字是何等

---

[1] 本文是陶行知在安徽大学的演讲。

有动力，很少有人能喊出这样生动的口号。我向他表示钦佩之意后，对他说，恰恰相反，我的理论是"行知行"，所以改名为陶行知。他说，你的"行知行"不对，比如，有了电的知识，才能去开电灯厂，开了电灯厂，电的知识更能进步，这不是"知行知"吗？我说，那最初发明电的知识是从哪里来的？还不是从科学实验、玩科学把戏中得来的吗？法拉第（Faraday）是一个订书店的徒弟，他订书订得很慢，订一本书就看一本书，大家向老板攻击他书订得慢，老板却说他是订一本书就吃一本书。有一次，装订《百科全书》，吃到电学，他还不够，适 Davy 在卖讲演，他便求人做东，给他买了入场券去听讲。他就帮助 Davy 做助手，行动起来，用线接到指南针，拨动磁石，就发生了电。这就是行动。爱迪生发明了电灯丝，经过一千多次实验才成功，也是从行动中得来的。所以，行动是老子，知识是儿子，创造是孙子，因此我主张"行知行"。王阳明先生主张"知行合一"，有一点却拖下一根狐狸尾巴，说"知是行之始，行是知之成"。我们把他翻了个筋斗，提出"行是知之始，知是行之成"的理论，正与阳明先生的主张相反。因此，就改名"行知"。这是我对自己的介绍。

今天所要讲的题目是《普及教育》。这个题目，也是从行动中得来的，不然一定先要将美国普及教育如何，法、德普及教育是如何，俄国、日本又是如何先讲一讲，再讲到中国普及教育方案。不知道中国是一个穷国，已到了农村破产、民不聊生，农民已连饭都没有得吃了。拿富国的办法，引到中国来，无异是乡下人吃大菜。我有一首打油诗，形容乡下人吃大菜，那诗是："乡下老吃大菜，刀儿当作筷，我的妈呀，舌头割掉了一块。"两年前，我流浪在上海，跟随我的几个学生，也是穷光蛋，穷又不安分，还想办点教育。于是四个人背了留声机器，带了一点药，到宝山去，把留声机一开，乡下人就大家出来，听洋人哈哈笑，高兴得很，慢慢问他们有没有病，有病我这里有药，头痛送他一点阿斯匹林，打摆子就请他吃金鸡纳霜，结了感情，山海工学团就如此办起来了。

工学团是什么，工就是劳工，学就是科学，团就是团体。如果有外国朋友问起来，就告诉他是 Worker Science Union。说得清楚些，是工以养生，学以明生，团以保生。说得更清楚些，是以大众的工作，养活大众的生命；以大众的科学，明了大众的生命；以大众的团结的力量，保护大众的生命。说他是学校，他有工与团，不像学校；说他是工厂，他有学与团，不像工厂；说他是民团，他有工与学，不像民团。所以，工学团可以称为三不像。四个穷光蛋，挂的一块大招牌是"来者不拒"。来一个收一个，来两个收一双。后来来了两百人，随后增至三百人，真有点吃不消。正如面包夹火腿，打在夹板中间，招牌既不能下，法子又想不出来，我们就在这里头打滚。有一天，看见一个小孩子教四五十个小孩子做箭，教得极好。我看了半个钟头，非常高兴，觉得这块招牌可以不下了，另外还能添上一块招牌："不能来者送上门去"。"小孩子能做小先生"，他们是负着把教育送上门去的责任，他们把教育送到牛背上去，送到山上去。这种方法，不是从书本中得来的，不是从头脑中想出来的，不是从听讲演学来的，乃是从行动中产生的。因此，想起在十一年前，我的母亲是五十七岁，我的第二个小孩子叫小桃，才六岁，他读完《平民千字课》第一册就教他的祖母，祖孙二人，一面读一面玩，兴高采烈，一个月就把第一册读完。读了十六天，我在张家口依据《千字课》上十六天的生字，写了一封信寄给家母，她自己便看懂了。

两年半以前，晓庄师范关了门。晓庄佘儿岗的农人要想办一个小学，苦于没有钱请私塾先生，小孩又不愿。于是小孩自动起来办了一个农村小学，校长、教师、工人，都是小孩子。我为他们写的一幅小照："有个学校真奇怪，大孩自动教小孩，七十二行皆先生，先生不在学如在。"他们回信说，原稿第二句那个"大"字，应改为"小"字。他们反问我，大孩能自动，难道小孩就不能自动吗？大孩能教小孩，难道小孩就不能教大孩吗？从此这首诗的第二句，便改为"小孩自动教小孩"。

第三个例子，我想到去年江苏淮安新安小学有七个孩子，自动出来，一飘飘到镇江，再飘飘到上海。来的时候，身边只有十块钱，他们靠卖书卖讲演过活。告别上海时，却有六十块钱了。当他们来看我的时候，他们说听见我卖讲演，所以他们也卖讲演。我叫他们先讲给我听，一听果然不错。于是我介绍几处去讲演，别人也介绍了几处，后来就有人自动请他们讲演了。他们讲三分钟，准可使听众大鼓其掌。今天我讲了很多时间，还没有博得掌声（鼓掌）；我讲了二十几分钟，才博得掌声。可见我还不如他们讲得好。他们从小学讲到中学，讲到大学，大夏、光华、沪江等大学，统统去过。后来我问大夏教授邵爽秋先生讲得如何，他说几乎把我们教授饭碗打破了。当时我写了两首诗，答复他们的校长：

一群小光棍，数数是七根。
小的十二岁，大的未结婚。
没有父母带，先生也不在。
谁说小孩小，划分新时代。

　　这七个小孩子，都是江北人。当"一·二八"后，上海人目江北人为汉奸。这些小孩子，经过这次讲演以后，大家心理一变，至少这七个小孩子，总不是汉奸。穷孩子到大学里去讲演，这次可以说破世界纪录。这七个小孩子将金刚之锥，把时代划分为两个。
　　以上几个例子证明小孩子能做小先生。小孩子一个教两个极为容易。一个六岁小孩子，白天学了"青菜豆腐"四个字，晚上就会教给妈妈姐姐，一本书可供给三个人用。假如再给他一本簿子、一支铅笔，妈妈还可以画一两笔，像日记一样的缴给小先生看。
　　小先生的数字非常伟大。一千一百万小学生，一个教两个，便是三千三百万。义务教育，就算有了大进步。还有一千万私塾生，可命每个先生带两个学生来受培养，一个假定是他的儿子，一个是他的得意门生。这两个小先生回去，等到冬烘先生午睡、访友、上茶馆评理的时候，一定可以将新的思潮传入私塾，私塾马上就可以改良。有二千一百万小先生，六千三百万失学人问题就解决了。再按"即知即传人"的道理，另外还有八千万认字的成人在商店、家庭里，也可以每家抽出一二个人来受教育。再由这八千万人，一个再去教两个，便是一万万六千万人，成人教育就推动了。不过这确要有组织，才能共同发挥出力量。

现在的老观念，非用大炮来轰破不行。诸位知道，社会里有一种人叫作守财奴，这种人喜欢把金银弄到自己的腰包里去，腰包装满了，藏到皮箱去，埋到地下去。他唯一的遗憾，是棺材太小，虽然小，还是要拼命地装，带得多少便带多少去。当他活着的时候，肚子总是大大的，他的肚子比别人大，固然是因为平日补养得好；其实另一个原因，是那腰包点水不漏，纵然要一个铜板，比拔他一根毛发还痛。他有一个弟弟叫"守知奴"，就是大头鬼。他会用一种漆黑的东西，灌在脑袋里，不给他流出来，久而久之，他的头就大了。他一进小学，头就觉得大了些；进了中学，更大一些；进了大学，更大一些；如果还嫌不够大，可以出洋，那头就更大了。回国以后，到上海、到安庆，大家的头都比他小，知识在他脑海里只进不出，非钱不卖，只有用金钥匙才能开这锁。知识在小先生头脑中，就变成了空气，准许人自由呼吸。在上海只有空气不要买，安庆不知如何？所以，"知识为公"除了小先生不行，小先生一出，这知识的"买卖关"就攻破了。

第二关是"娘子关"。中国女子教育不普及，有百分之九十五的女子不识字。进攻娘子军的办法有两种；一种是男先生，一种是女先生。一位二三十岁的男子教一些十七八岁的大姑娘，或是十八九岁的大嫂子，乡下人是看不惯。谣言来了，放谣言的便是不愿意媳妇上学的婆婆；路上出鬼了，装鬼的便是丈夫们的鬼把戏，一直闹到女学生不敢再上学。男教员一败涂地了。换了一个女教员，如果有，那是天字第一号。但是因为女子教育不普及，女教员根本就很少。一个破庙里关了一个男校长，一两个女教员，也有点不方便。几个女子同下乡，那是再好没有了，但是没有男子的地方，女教员又怕鬼、怕贼、怕蛇。最好是夫妻学校。我在几年前，在晓庄师范就鼓励男女同学结婚。这种为事业而结婚，费用不上十块钱，结婚以后办点事业作为纪念，结婚的婚礼请我做证婚，我都到。不过这种夫妻学校，是和金刚钻一样的少，到如今算起来还不到一打。女子教育不解决，普及教育就无法解决。据估计，浙江省普及教育要四百年才行，杭州市要一百五十年，全国要三百年才能普及，小孩子义务教育要七十年才能普及。同时，还要具备三个条件：一要所有学生皆长生不老，万岁，万万岁；二要教育经费按比例源源增加；三要人口不再增加。全国三百年成人教育方能普及，七十年小孩义务教育方能普及。小先生一来，关门就大开，娘子军欢迎小将军进关，他们连新娘房都钻得进去上一课，灶前房角到处都可以做他的课堂。小先生比女教师还好，女学生最怕问人，在小先生的面前，最害羞的女子，也不怕难为情了。

一个先生住在古庙里，等于一只孤鸦，与社会不发生关系。有些思想新一点的先生，想去调查调查农村，常常跑到农人家里去问问，几次一去，不好了，谣言就起来了，只好仍回古庙做菩萨。小先生就不同了，每一个人都可以变成一条电线，从古庙四出放射，成一个电线网。先生变成大电线，可以通到外面去，于是"学校即社会"跟我们翻了个筋斗，变成"社会即学校"（Society as School），活到老，做到老，学到老。现在这种小学六年、中学六年、大学四年的教育制度，都可以"短命教育"四字代表之。我们所要干的是整个寿命的教育，不是短命的教育。上海经过十个月的试验，自宝山、上海县普及到公共租界等地，已住有一万八千个小先生。现在这种制度，已经推行到十九省、四个特别市。诸位要参观，安庆的大渡口小学、镇江的车形小学，已经在仿行这种制度，可以去看看。

现在想普及教育，有三条路：一条是在民间组织普及教育助成会，诸位寒假回去，都可以去组织，帮助地方教育机关去做；第二条路，各省市应订普及教育方案；第三条路，政府应订法令，不准妨害进步。中国的家庭中，往往婆婆不愿媳妇读书，小工厂、商店老板，不愿学徒读书。连孔子的书也不准读，三民主义也不准读。这种妨害进步，政府必须以法律和命令制裁。我以为这种罪，是等于危害民国罪。我曾写了一文，名为《大学生普及教育运动》，可以供诸位参考。中国现在知识分子集中城市，形成庙小和尚多，不妨到乡村去。照我所提的法，两年内，安徽教育就可以普及。

怎样做小先生[1]

1935 年 3 月 8 日

诸位小朋友：

我到武汉的第一个快乐，就是前天在报上看到了汉口市立三小试行小先生制先锋团的新闻。当时我在吃饭，就把这个新闻当饭吃了。今天有机会来看看你们，真是高兴极了。

小先生的贡献，是非常之大的。要创造新的中华民国，就非要重用小先生不可。我们全中国有一千一百万小学生，每人教三个，就有三千三百万学生，蒙童馆的学生每人教三个就又有三千万，一共就有了六千三百万学生了。这六千三百万学生，要请大先生请不起，所以干普及教育运动，只有靠小先生。而且不识字的人女子最多，你们这里，虽有这多女先生，可是不识字的女子，还是多极了。教女子识字，也只有小先生最方便。

---

[1] 本文是陶行知在汉口市立第三小学的演讲。

中国有两个妖怪。一个是守财奴。他顶喜欢的是白的银元，一块一块地装进去。肚子装大了，把它埋到庭院的地下去。死了，还想把它带到棺材里去。街上的乞丐饿得要死，要他一个钱也要不到。他只恨银钱带不到棺材里去。

守财奴的弟弟是守知奴。他把知识一个字一个字地装进去，头是越装越大了，可是他不肯拿出来教人。你要他教你，他要你的薪水。我在一个朋友家里，看到一个老妈子不识字，我的朋友都不教给她。第二日，我又去了，我问那个老妈子，你们的先生呢？她说："昨夜上南京去了，中央大学聘他做教员，三百块一个月。"啊！我才明白，谁有三百块钱他就教谁，他是把知识当作私有财产的。我唱一个歌你们听：

两个妖怪

自利太太，
自私先生，
生下一对妖怪：
大肚的守财奴可鄙，
大头的守知奴更坏。
传下一代一代又一代，
造成了中华民族的大失败。
开刀打针要赶快，
放出一个个脑袋里的毒汁，
取出一个个肚皮里的痞块。

如果再马虎，

天然淘汰！

说到这里，我要问问你们，你们有不有愿做守财奴或守知奴的？有的请举手（没有一人举手）。好极了，没有一个愿意做。我再问你们，若愿意做小先生的请举手（一齐举手）。真好极了，你们都愿意做小先生，那么汉口的教育一定容易普及。湖北，全中国，也就容易普及了。

不过有人还不敢相信小先生，觉得一定要高年组的学生才可以当，初级的学生是不能当的。这也不对。六岁的小孩子就可以教几十岁的老人，怎见得？譬如六岁的小学生，早上在学校里学了"青菜，豆腐，青菜汤，豆腐汤，青菜豆腐汤"。晚上回家去，爸爸坐在左边，妈妈坐在右边，就可以告诉爸爸妈妈认字，这有什么害处？

我的妈五十六岁，我的儿子只有六岁，我的儿子，就教了我的妈妈。所以你们的胆子要放大些，不要怕。

但是，你们还要记着：一、小先生不是今天当，明天就不当了的。不要只有五分钟的热度，要有恒心，要能继续不断地做，要一年干到头，一生干到老。二、要不怕碰钉子。我们乡下，有些流氓骂小先生说："乌龟教鳖，越教越拙。"我说，他们再骂的时候，你就说："乌龟教鳖，教得不歇，鳖变乌龟，乌龟变鳖。"比方说，我读书，他种菜，我教他读书，他教我种菜，我们都会读书，都会种菜了。

一天到晚做小先生，你爸爸也许会叫你不做。他要你读《百家姓》，他要你读《三字经》，他要你种田。好的，你都做，你可以说："爸爸要我做的，我都做，我要做的，爸爸可不许我不做。"我有一首不怕碰钉子的歌，念给你们听一听：

> 你是小先生，
> 烈焰好比火山喷。
> 生来不怕碰钉子，
> 碰了一根化一根。

最后，我很希望你们每人都做小先生，我恭贺大家胜利，成功。

新中国与新教育[1]

1936年7月16日

现在所要说的是新中国与新教育。我们先说新中国的敌人和日本的大陆政策，再说民族解放运动，然后说中国的出路。中国如果没有出路，新中国就新不来。新教育就是以新中国为目标的教育。现在依着这四个要点向诸位说说。

中国的敌人和日本的大陆政策

中国的敌人是谁？中国的敌人是日本帝国主义。中国的敌人不是日本人，是日本帝国主义、日本的军阀。日本的军阀推行他们的大陆政策，他们说，满洲定华北就定，

---

[1] 本文是陶行知应邀在新加坡青年励志社的演讲。

华北定支那①就定，支那定亚洲就定，亚洲定世界就大同。所以日本由沈阳而热河，而上海，而冀东，而福建，而汕头。"九一八"之后，中国土地在日本势力范围内的等于二十个江苏——这里有福建的同胞，何不算算看，究竟等于几个广东呢？中国究竟有多少个福建，多少个广东可供日本吞食？吞完了，我们要变成什么东西？吞完了，我们就要变成大家不肯变、不愿变的东西——亡国奴。所以，凡是不肯变不愿变的就该努力。

东北失陷后，东北的同胞究竟过的什么生活？东北的农人、学生、工人究竟过的什么生活？诸位也许完全知道，也许完全不知道，现在报告一下：

东北的农人，有的是田地，可是好的田地，日本人便要向他买，每亩值一百块钱的往往只给十元二十元，最多也不过二十元，就这样拿去了。有一个农夫，有些很好的田。日本人向他买，他说："不能卖，田是祖宗传下来的，不能卖，一亩一百块钱都不能卖。"日本人听了，不免大怒说："好，你这农夫，好厉害。"于是绑在马腿上——拖起来，农夫本来身体很好，拖了二十里，放起来，还是一个农夫。日本人看了，好不生气道："好，你这农夫，好厉害。"于是打、踢，踢了一腿，踢掉一只眼珠，农夫眼珠没有了，但站起来，还是一个农夫。这是东北农人的生活。

东北的工人，有个朋友写信说：抚顺的矿工是全国最强壮的，差不多全中国军队没有一支比他强壮。可是，每

---

① 支那，古代印度、希腊、罗马等地人称中国为 China 的译音。近代日本等国也有人这样称呼中国。

人最多活四年，因为死的死得快，伤的更伤得快。同时佣主希望他死，不希望他伤，死的固然要发抚恤金，可是工人都是山东人，路途这样远，谁的家属知道他死，知道领抚恤金。伤的呢，今天打针要钱，明日开刀又要钱，谁愿意付出这些钱？于是，凡是伤的，抬到了医院，让他摆下，血流光了，也就自己会死，什么都不要了。不说抚顺的矿工，且说上海日本工厂的工人。上海日本纱厂的工人生活，十二月运动之后，大家才知道得详细，简直是地狱的生活。上海日本纱厂的工人，工人不能说话。现在各处实行强迫教育，日本纱厂是不许的，甚至连一本《平民千字课》都不可以有，有就开除；如果有一本《大众生活》，那不得了，那就要打，打了一顿，通知工部局，教他入狱去。上海工厂工作时间，大家是十二小时，日本纱厂的是十三小时，每礼拜还有一天是十八小时的。我们记得上海日本纱厂有个工人叫梅世钧的，给日本佣主打死的原因是这样：梅世钧曾做过十九路军的士兵，照了一张武装相片，放在衣袋里做纪念，并且时常要拿出来看，给日本雇主看到了，说他是捣乱分子，给他一个巴掌。梅世钧本来晓得拳术的，见他来了一掌，接了这掌，回过一拳，那日本人倒地了。另外一个日本人见了，给他一腿，梅世钧接了这腿，回过一拳，那日本人又照样倒地了。那两个日本人倒在地上，吹叫子，叫子一吹，来了五六个人，将梅世钧痛击一回。打完了，摔在门外，过了三四日，也就死了。这是"九一八"以后，上海日本纱厂工人的生活。

我们要知道梅世钧的死，并不是他一个人的死，他是我们四万万人的代表，他是为抵抗而死的。我们四万万个人，应该有梅世钧的精神，抵抗的精神。

现在来说学生的生活。"九一八"之后，东北学生，日语就是国语，国语自然是外国语了。天津图书馆，凡是谈到抵抗日本的书都被丢进水沟里去。如果有人在讲台上谈到抗日的问题，便有汉奸去报告，过了几天，这在讲台上谈到抗日的就会失踪，永远不见了。到哪里去了谁也不知道。可是，有人看到日本军营，往往用汽车装载麻袋，麻袋装得满满的，究竟装的什么东西？谁也不能知道。汽车将麻袋运到海边，运进轮船里头，轮船载了麻袋向海洋去，不久，轮船回来了，麻袋也就不见了。失踪的人，至今不知多少。

日本实在是你退一步，他进两步的。所以说他得了东四省就会停止，这是书呆子的话。说得了华北就会停止，这也是书呆子的话。实在日本就取得中国的全部，也还是不会停止的。

民族解放运动

现在来说民族解放运动。民族解放运动，是去年十二月九号开始的。这种运动可以说是十二月运动。十二月运动和以前的五四运动不同，十二月运动是每一个人都看得清楚，都要牺牲的。当时敌人的飞机在上空翱翔，中国军队在长官命令下排着刺刀，十二月运动的学生就从飞机和刺刀的威吓中冲过。十二月十六日那天，城内的学生和城外的学生约好到一个地方会合，中国长官知道了，马上派了军警将城门把住。城内的学生走不出城，于是冲锋，女学生做了冲锋队，四个一排，手拉着手冲出去。

这一天，军队在城门布置的防线共有四道：第一道防线，警察手里拿着木棍子；第二道防线是水龙；第三道防线是刺刀；第四道防线是机关枪。中国军队布置四道防线，不是抵抗侵略中国的敌人，却是抵抗举行民族解放运动的学生。

举行民族解放的学生，到了第一道防线，警察举起木棍子向前要打，大家叫口号，说："中国人应该救中国人，中国人不打中国人！"警察手里的木棍子不动了，变成棉花了。到了第二道防线，因为水龙喳喳地冲，并且又冲得远，口号的声浪不能激动军警的天良，所以冲锋的尽冲锋，冲水的尽冲水，在天冰地冻的十二月，学生们都被冲得几乎变成冰人，跌的跌，挤的挤，一直到第三道防线。第三道防线因为是刺刀，所以流血的二百余人。

十二月民族解放运动胜利的地方，是将全国国民，一齐唤醒。中国人民的觉悟，是二百余学生的血换来的。

十二月十八日，学生运动的风气传到天津，日兵用刺刀挑学生，学生怒极了，签名组成敢死队的一百人。有些原来不愿加入敢死队的，看到那一百人冲去了，在后头叫着："不要跑，我们也要来！"于是，这里八百，那里三百，不到一刻，凑了四千，打算冲到日本租界去拼命。日租界当局知道了，铁门一拉，布了铁丝网，通了电流，教学生队伍冲不过去。学生在铁门前大叫："打倒日本帝国主义！

有勇气的快出来！"叫了好久，终于没有人敢出来，所以，这一天无人流血。

再说上海学生运动。上海的学生由复旦学生率领赴京请愿抗日，南京方面说，有话可以写信来，不必派代表学生。南京是中国的地方，我们是中国人，为何不能去呢？南京方面无法，致电各校校长，竭力制止，但没有效果，又叫保安队防守北站。学生到北站，见了保安队，大呼口号，说："中国人不打中国人！"保安队手里的竹棍，也终于无用。学生在北站停了好久，车站中的人忽叫他们上车，说要送他们到南京去。学生有的欢喜，有的怀疑。可是，终于一齐上了火车，向前进发。火车进行中，两个学机械的学生，看着司机人开车，暗暗记好，车到半途，忽然停止，司机人下车后，一去不来。这时车站有人在旁讪笑说："看你们学生，再厉害到哪里？"可是不久，火车动了，学机械的两个学生自己开车前进。当局无法，叫人拆去路轨，使火车不能前进。可是，另一部分学生，用铁钳把后面的铁轨拆来接在前面，继续将火车开动。当局迫得没有办法，即刻派了三千大兵到无锡去抵抗。他们不是抵抗外寇的侵略，是抵抗爱国的学生。

学生无法，又不愿使政府蒙屠杀学生的罪名，就折回上海。

农人本来是乡愚，可是，现在却自己成立救国会。华北各地，无不如此。在天津，土肥原可用两毛钱收买一个汉奸，教他穿起"要求自治"的衣服；可是，在乡下却不行，卖劣货的也要赶、打，不让进来。

不说小孩说老人。上海九七老人马相伯，每天写信做文章，勉励爱国青年，鼓吹救国。有人说他给我包围了，实是我给他包围了。因为他做了文章就打电话叫我去看，看了自然觉得非常好，好就要给他拿到报上发表。实在他是包围我，不是我包围他。

上海律师公会会长沈钧儒现年六十三岁，是个老少年。今年"一·二八"和我一齐去祭"一·二八"死难的无名英雄，走了三四十里，他一点都不觉到疲乏。今年五月三十日，看到一张照片，两个人在前头走，细看时，前有须的那一个就是沈先生，原来他又领着青年们祭烈士墓去了。沈先生自己做了一首诗，是问答体的。问的是："我问你，你这六十三岁的老人，你终日奔跑，你恐怕被包括在白色汉奸或红色汉奸的里头了！"答的是："不，因为我是中国人。"第二句还是"因为我是中国人"。第三句还是"因为我是中国人。"

照上面所报告的看，无论老、少、男、女，凡是不愿做亡国奴的，都要起来了！

中国的出路

中国的出路究竟在哪里？日人侵我不全吞中国不止。所以，有笔杆的人，就要用笔杆抵抗；有钱的人，要用钱来抵抗；有主义的人，要用他的主义来抵抗。无论是经济，是文化，是武力，都可抵抗，都应该抵抗。

人身好比国家，白血球好比军队。白血球杀灭病菌，碰到就杀，否则被杀。只有杀敌或被杀的两条路。无论是来虎烈拉①病，或是重伤风病，他都不能停一下，说声："虎烈拉先生，或是重伤风先生，请你等一回，让我来预备一下。"如果白血球是这样的畏惧、妥协，那我今日就不会在这里说话，老早进了棺材了。军队也是这样，敌人一来，就要全体总动员，出来抵抗。能够这样，请问谁还敢来侵略呢？可见要保国唯有抵抗。可是，单靠一个人的抵抗不够。靠前进的青年么？请问有多少前进的青年？所以靠前进青年抵抗也还是不够；就是靠一党一派来抵抗也还是不够，如果由一党包办抵抗，另一党就不服。如此一来，一党力量原已单薄，如果还要分出一部分力量来压制敌党，自然不足以抗强寇了。并且如果这一党包办抗敌，那一党就要观望，有时不只观望，说不定还要抽他一腿。所以一党包办抗日，实在不当。如果由一党包办抗日，到后来一定弄到我打你，你打我，自己打自己，给旁边的老虎吞去。如果老虎真的有了这一个机会，那他今日有得吃，明日有得吃，后日又有得吃，实在感激不尽。不过，我们能让老虎把自己吞去吗？所以我们不救国则已，如要救国，就该联合起来。联合不是联合志同道合的人。志同道合的人，他本来已经是合的，还须联么？所谓联合，是联合各党各派的人，各党各派的人如果以前是打架的，现在就该停手，把旧账搁在一边，以后再算，大家马上妥协携手！一齐来打共同的敌人。

譬如坐船，没有风浪，没有变故，我们就可起来辩论，

---

① 虎烈拉，即霍乱。

起来谈天。好像我是倡用新文字的,你是反对新文字、保守旧文字的。我说新文字很好,你说新文字不好,旧文字更好。我说旧文字好像裹脚布,裹脚布把脚缠,缠,缠,缠得你的脚变成三寸金莲,旧文字把头缠,缠,缠,缠得你的头变成三寸金头。你说,新文字看来,一串那么长,长得非常难看,吃下肚子不消化。于是我不服你,你不服我,大家打了起来。如果这时船着了火,那么大家就该罢手,联合起来救火。火救完了,大家没有事了,或者你爱惜旧文字的人已经在抽大烟了,我这时候,没有事做,那么,我当然可以问你说:"喂,你说新文字不好,究竟还有什么不好?"你当然也可同样地问我。又如船到中途,遇了强盗,那我们自然也需抗了强盗再来说话。

联合战线,就是这么说,大的敌人在前,小的冤仇应搁起,否则,大家都要做成亡国奴,不好过。我死不怕,怕做亡国奴。我们要明白,我们如果做了亡国奴,不只我们要做,世世代代,连我们的子孙小孩,都要做小亡国奴。

联合什么呢?第一要联合中国目前的四大力量。四大力量联合,才可以抗日。第一要联合是中央政府统治下的二百万军队;第二是西南的兵力;第三是中国的红军;第四是老百姓——无论任何力量,撇开老百姓就不能抗日救国。

有人说主义不同,联合不来。其实不然。以前法国反苏联,现时苏、法对德国有共同的戒心,就携手了。所以,无大敌在前,要他联合,恐不容易;大敌在前,要他联合,即有可能。有可能而偏咬定说不可能,那就混账!

联合要谈到开门主义,开门就是不要任何一党一派包办抗日。要大家联合战线，一齐抗日。然倡言联合的人，又不能成为联合战线派，同时指人家为非联合战线派、妥协派、改良派。如果这样，那就犯大错误，那简直是关上了门，教人家进不来了。开门又不是开我家的门，是开战场之门。战场之门一开，凡是能为中华民族战斗之士，都可进来。开门又不是国民党或共产党开门，给我们进国民党或共产党去。如果那样，那就大家都窘，大家都不好受。开门，是开战斗之门，对日抗战。

抗日固然要前进的青年，可是有些青年，自己看了几本书，或者几本《大众生活》，就自命为前进，骂人家不前进、落伍，连落伍也变成敌人。这样的前进青年绝不是前进青年。前进青年是要领导落伍者一齐前进的；如果将落伍者变为敌人，那就打不胜打了。

新中国的新教育

四种力量联合了，不单可以打退日本，并且可以造成新中国。新中国的新教育就应该根据这一点。否则就有教育也不过是"教死书"，"死教书"，"教书死"；那读书的也不过是"读死书"，"死读书"，"读书死"。新中国的新教育，应是帮助中华民族争取自由的教育。新中国的新教育，应该启发中华民族的抵抗力量，应该促成联合战线，不唯要促成，并且要推动；应认明中华民族的敌人是日本帝国主义；应培养中国的斗士。

我们的目的既定，技术如何？我们技术方面，有四个办法：

第一，我们应该认社会做学校。破庙、亭子间、晒台、客厅、一片空地都是现成的学校，中国不须再造几千百万的学校，就有几千百万的学校。

第二，我们应该即知即传。我们今日所知的事，今日即传给别人，我传你，你传他，大家教来教去。同样，学生今日学的，今晚就可教给别人，一人可教十人八人，多至三四十人，少至一人二人。如果你不肯教人，我也就不必教你。中华民族小小的这一点事，你都不肯帮忙，我教了你，将来大了，也是一个败类，实在无须教你。

中国求学，往往不在服务，在出风头。他们将学问往头颅里边装，学问一装，头颅就大，越装越大，再装再大，大得不可再大，就要出洋。出洋回来，头颅更大，从此就锁起来，不再开了。开必须金钥匙，否则永远不开。这种人无以名之，名之曰守知奴。今天的守知奴，是将来的亡国奴。我这回到星加坡①，听说星加坡的中国人，十人有八人不认得字。如果十人仅有八人不认得字，有二人认得字，那倒容易。认得字的二人，每人教四个人就得了。

第三，要有新文字。新文字有人赞成，有人反对。可是，大家都要抗日救国，枪杆对外，大家携手、妥协，等到共同的敌人打完了再说。

学学文字只要三四分钱，时间不过个把月，学会了，就可以看新文字印成的报。现在广东话的、客家话的、福建话的新文字都已出世，很便当了。文字写出来要可以听

---

① 星加坡，今译新加坡。

得懂，愿意听。不过学新文字，汉字也不能丢掉（所谓新文字即最近风行海内之罗马字母拼音字）。

第四，用汉字写文章，要写得人家听得懂。最好请教四位先生，这四位先生也是不要花钱的：

一、是耳朵——写了文章，要读给耳朵听，看看听得懂听不懂，听不懂就要改到听得懂。

二、是老妈子——写了文章最好读给家内的老妈子听，问她听得懂听不懂，听不懂就要改到使她听得懂。

三、是人力车夫——也是一样，读给他听，不懂改到懂。

四、是小孩子——还是一样，读给他听，从中改好。

这些先生，有时可以把我们的文章改得非常的好，好得自己想不到的好。记得有一回，南京小先生们成立一所"自动学校"，这名目已经来得可喜，所以我寄一首诗去送他们，道：

有个学校真奇怪，大孩自动教小孩；
七十二行皆先生，先生不在学如在。

不到三天，他们回信说，好是很好，可是里头有一个字要改，"大孩教小孩"，难道小孩不会教大孩吗？"大孩自动"，难道小孩不能自动吗？所以"大"字要改在"小"字，"大孩自动教小孩"一句，改为"小孩自动教小孩"。真佩服极了。

新教育和老教育不同之点，是老教育坐而听，不能起而行，新教育却是有行动的。譬如抗日救国，须有行动，可是，行动又不能错误，所以要有理论。"抗日救国"是目标，"联合战线"是步骤，新中国将从行动中生出来！

据同年7月16日《总汇新报》报道，7月15日下午陶往怡和轩俱乐部晤陈嘉庚，商谈有关中央与西南军政大局。陶谓："国内民众向来都很重视华侨公意，希望此间华侨运用方法，极力劝阻双方发生内战。"

国际形势与中国抗战[1]

1938 年 9 月

各位同胞，幸喜回到香港来，兄弟觉得非常高兴。四万万五千万人站起来抵抗日本帝国主义了。二年前，此地唱歌也受到压迫，现在则可以听到救亡歌声了。兄弟所讲的是"国际形势与中国抗战"。对于国际形势有两种看法。第一派以为中国跟日本打，那么第三国也会跟日本打，中国就得救了，这一派人可说是抱了买发财票的一种心理的。第二派则以为国际形势，如看天气，照客观形势推测一下，那就跟买发财票那种心理不同了，天气这个东西，风向哪里吹，雨从哪里来，都有一定的道理。各国的形势不能详说，先把几个重要的足以影响世界潮流的说一说。现在先讲美国。美国对欧洲的事情向来不大理，但在世界大战时威尔逊总统说是为民主而奋斗而参加进去了，不过还受了些损失，好比小孩子玩火弄痛了手指头，好啦，顶好不要

---

[1] 本文是陶行知 1938 年在香港发表的抗战演讲。

打,要打就你们打好了。一年前,我们感觉到美国所抱的是"孤立政策"。美国在美国大战时,为口号标语所麻醉,说是什么为民主,为世界正义而战,美国人在战后知道上了军火商人的当。于是乎美国人对远东情形也就很冷淡。可是,自从我国抗战以来就把它转变了,这是因为:一、日本的侵略绝没有停止;二、日本的行为是惨无人道的,如巴纳号的被炸沉、南京的大屠杀等等,把美国的孤立政策渐渐转变了。广州的空袭一天几次,是美国舆论变化的最大原因。最明显的例子就是罗斯福的演说《侵略国如同虎烈拉》,必须隔离开来。这个演说引起了许多反对的反响。不过那是跟日本有来往的商人干的。可是,日本的残暴行为一天天增加,美国在远东的利益的损失日益巨大,便慢慢地觉醒了。……在轰炸广州的时候,国务卿赫尔发一通知书说:"不能卖军械给侵略人家的国家"。后来罗斯福及赫尔在加拿大的演讲,更加具体地说明"孤立政策"定要放弃,必须建立集体安全制度。美国便由"孤立政策"而变到"集体安全政策"了。这是放火的人联合起来,教会了救火的人也应联合起来啊。不仅演说言论是在变化,其行动也在变了。

现在我们看看英国的政策吧,它的政策是很聪明很巧妙的。东三省给日本人拿掉,国际联盟没什么反响,便是守旧派在那里玩的把戏,原来英日有盟约的关系,其条约虽失效,但守旧派在精神上还觉得恋恋不舍。

但日本的侵略由华北而华南……毫无止境。这给予英国的利益的危害实在太大了。当它的利益受到危害时,便的确对中国有点帮忙了。去年看英国《泰晤士报》实在太不行，现在则对中国积极了一点，今年登载关于中国的新闻则更多了。中山先生的政策是"联合以平等待我之民族共同奋斗"。希望英国也会走上集体安全这条路。

说到法国呢，有许多人说法国是跟英国走，好像英国握了法国的辫子，英国要她怎么样就怎么样。而且英法两国爱情本来就很好，如情女情郎。对西班牙问题，法国跟着英国跑。但对捷克问题，则英国跟着法国走，好比妻与丈夫，见翁姑，则妻跟夫行，归宁，则丈夫依从妻子。对于远东问题，英法的态度则差不多。

苏联的态度对世界政局有举足轻重之影响。又是世界和平的巨大柱石。是反对侵略政策的首倡者及集体安全制度的发起人。张鼓峰事件，苏联把日本一师团军队完全毁灭了，有一派人很快活，好似中了发财票。但张鼓峰是苏联的领土，日本的军队侵占进来，当然要把它打退，打退了日本军队当然也就不打了，但它不能代中国打，这是对苏联及中国都有害的。要是爱好和平的国家联合起来制裁侵略者，苏联当然会加入。国联的会员国应尽量援助中国的议决案，苏联是遵守的。

国际形势对中国抗战很有影响。

英、美、法、苏，都向集体安全的路上走，虽然尚未达到其成熟的程度，这好比几个强盗联合起来，则不愿做奴隶的人们也应联合起来打击强盗。这是一定不移的道理。

国际形势由"各人自扫门前雪"而走到集体安全的道路。真能达到集体安全，则于我国极为有利，我们应促成之。这是我所说的第一点。

第二点为由看不起中国至看得起中国，由各个帮助中国而互相帮助中国。我们更应促其具体地有效地帮助中国。从前各国人民的舆论，多半轻视中国人。但自从"八一二"事变以来，我们有被几千日军包围而孤军奋斗的"八百壮士"，有台儿庄的大胜，现在世界上没有一个人不敬佩这个光荣的中国了。

第八路军由锄头镰刀拜日人之赐，而变成机械化军队，这消息外国人知道，大为震惊。

在国外，中国人演讲上台下台，外国人都站起来致敬。这是对中国的恭敬。各国人民（跟日本人做买卖的除外）可说是都同情我国。

第三点是日本的战争材料从哪里来？他自己是一个穷光蛋，哪里来这么许多飞机大炮？此问题不能不追究。

英美人士也常常问我们："我们愿意帮助你们，应如何帮助你们呢？"则可答复："日本所买的军火当中，美国运往日本的，一百块钱占了五十四块半钱，要是我们死掉一百万人，有五十四万五千给美国人的军火杀掉了。"一位美国国会议员在洛杉矶听了我这么说，便站起来对听众说道："应如何处置？"群众大呼："切不可再卖军火给日本！"其次，我们要是死掉一百万人，有十七万五千为英国的军火所杀掉。我们要使他们不要帮助侵略者。

第四点，日本打中国的钱从哪里来？一天要用一千多万，从哪里来？很简单，卖日本货赚了钱，那就买军火杀中国人。如各国不买日本货，则日本不能买军火，也就不能打仗，便要回家去了。可是日本货卖到哪里去？一、中国；二、美国；三、印度。如果三个地方都抵制日货，日本便要回老家去了。不过香港的日本货也很多。美国的学生很多把日本货领带扯下，小姐把日本丝袜脱下来，都让火烧掉。美国的杯葛日货运动很有效。印度相信在不久的将来会有效力。

第五点说到"中日的宣传战"。日本的宣传好比一个很丑怪的女人，但涂脂抹粉，打扮得漂漂亮亮，穿了很好看的衣裳，但骨子里是很坏很坏的。印的宣传品也很漂亮。可是，中国的宣传，好比穿了粗布衣服的西施，不打扮，但人人欢迎。中国对于国外的天主教、基督教、工人团体、女人团体、书呆子——大学教授的地方，都有人去宣传了。但日本也去。结果呢？"宣传战"中国是打了胜仗的。这是因为中国说老实话，"理直气壮"的缘故。

……

还有一位自称日本工人代表去见美国码头工人会的总书记："请你们不要抵抗日货，给日本工人一碗饭吧！"

"阁下代表日本工人还是代表日本政府？"

"代表工人，但政府也知道的。"

"日本侵略中国，阁下同意吗？"

"却不能反对。"

"你们反对政府的侵略政策，反对军阀买军火，你们便有饭吃了。"

这位日本人给美国人开会开不成功，便召集日本人来开会了，说他无脸回国，要求切腹自杀了。而且他不是工人，是工贼。日本工人是不赞成他来的。中国的宣传费很少，而且都是尽义务的。可是却没有中国人替日本宣传，但有替中国宣传的日本人。美国有一个很出名的日本女子说："我爱日本，所以我不喜欢日本侵略中国，中国没有出路，日本便没有出路，日本之侵华为日本之自杀，我始终反对日本侵略中国。"大为美国人士所赞同，这是因为我们为真理而战。

可是不能等待国际的转变，决定最后胜利的因素是我们团结到底，奋斗到底，抗战到底！日本人的政策是分开进攻，我们的政策是联合抵抗！日本还是在挑拨、离间，中国的唯一方法就是：中国人民联合起来打倒日本帝国主义！

夏天很热，夏思春，春天更好。春风袅娜，鸟儿唱歌，花在跳舞，各人喜欢春天，我也愿意每天过春天。"春"字可知中国的命运。"春"字从三人日，三人者，上中下，左中右，老中少，苟联合起来，必能打倒日本帝国主义！

我们想实现自由平等的中华民国，唯一的方法便是三种人联合起来抗战！

全面抗战与全面教育[①]

各位同学：

今天我要讲的题目是《全面抗战与全面教育》。现在先讲全面抗战：

大家知道，我们抵抗侵略的战争，已到了第二阶段。这阶段的战争特征是把战争的形势展开成全面，它已不是点线的战争，而是各方面的全面战争了。现在我就把现阶段中军事战、经济战、政治战、外交战、教育战诸方面提出来说说：

一、军　　事

现阶段的军事形势，是用六十师放在敌人后方打游击，六十师做阵地战、六十师做后备。就地形说，我们是以四川为肚子，西南做右手，西北做左手，造成一个相持的局面，来继长增高地产生我们的新力量。现在我们要用这两手来打，但若两手拿不着好东西，空手空拳是打不出去的；

[①] 本文是陶行知在香港中华业余学校的演讲。

所以我们必须想法子使这两手拿到东西，以便打出去，但拿到东西在西南要二年的准备，在西北要三年的准备。拿到更多的东西以后，就不是单单地相持了，我们便可以冲出相持的局面，进而收复失地。现在这两手也不是空手，不过所拿的东西还少一点，等到第三年的年头，西南的右手便可有很大的力量拿来；第四年的年头，西北的左手也可有很大的力量拿来，便能势如破竹地打出去了。现在的局势，我们以天时、地利、人和来和敌人打，已不是像上海战争那样的五个人比一个人，而是由五个人换四个人，此时是进到一个人换一个人的阶段，如再打下去，日本要占便宜，一定是没有的。

前面所说的三分之一的兵力放在敌人的后方打游击战，这是关系重大。敌人的后方有了不断的强有力的游击，便能使敌人的市场毁灭，伪政权无法成立。这样敌人便不能拿我们的力量来打我们，我们反能继续增加我们的力量，到最后，这种力量是必然地把所有敌人驱逐出去。

二、经　　济

全面抗战不单是军事战而且是经济战。我们在经济战上有两点重要的战略：第一是增加我们的经济力量；第二是减少敌人的经济力量。在第一点，我们利用合作的方法和外来帮助的技术人才发展轻工业。再来就是稳定我们的法币。

本来我们的法币是稳定的，敌人虽想捣乱是很难的。

这因为，第一是我们的现金准备充足；第二是敌人的现金快要用尽，势力不够，没有捣乱的力量。所谓敌人的现金，是指敌人有数目的现金，这是差不多流完了。（那无数目的现金是不在内——如妇女的金银首饰和守财奴埋藏的金银等，我们没有确切的统计。）现在他们总动员，计划之一即是动员一切无数目的现金，但他们用于购买军火的付值还恐不够，有什么力量来捣乱我们的金融呢？除此以外，他们的军阀和财阀的不能合作，亦是无力捣乱我国金融的一个原因。他们的军阀认为是为财阀打地盘、打出路，财阀应给他们钱，但是现在财阀的钱几乎被刮光了，而地盘终是拿不稳，即使军阀得到一些点线的地盘，财阀的货物亦难以行销。原因是日本随营酒保在占领区内，舞弊走私，进出货物，可以不纳捐税，把士兵们的军用品克扣下来出卖。比如啤酒，财阀的每瓶要出卖四角钱，而军阀舞弊克扣的只卖二角半，所以财阀的货物在沦陷区域亦就难有出路。这样一来，财阀军阀便起了不可调和的冲突，而想合作去破坏我们的金融也就愈觉难有办法。

关于第二点——减少敌人的经济力量——我认为日本的经济基础是建筑在"日货"上的，卖出多，赚钱多，军火便买得多，杀人亦杀得多。反之，卖出少，赚钱少，军火便买得少，军事亦无法取胜而逐渐走上失败的路。但在将败未败时，他为着要硬撑死撑，便只有把现金去换军火，可是现金完了，又怎样呢？所以我们抵制日本货就是减少敌人的经济力量，也就是制裁日本最有力的一种方法。

我在星洲①时看到一班华侨抵制日货的情形，确是认真。他们抱定"宁可不穿裤，不买日本布"的决心。如果有人贩卖日本货，有钱的罚款；无钱的小贩卖日本货，便剪耳朵，一次剪一只，两次剪一双，竟剪了一百多人的耳朵。但这办法是过分了。没有耳朵在路上走，不大好看。所以我便请他们要用教育来代替剪刀，用宣传的方法来说明买日本货就是自杀中国人的行为，同时并劝卖日本货的改卖他国的货物，帮助小贩找出路，那么日货的销场自然就可以日见减少了。

我到了美国，也看见了不少同情我们的青年，拒用日货，有许多青年和妇女自动将日本的丝袜、领带解下来烧毁掉，以示决心不再买用日本货。这样一来，日本货的销路在美国就减少了百分之三十五。我们知道美国是日丝最主要的销场，少了百分之三十五，在日本是一大打击。

我到印度时会见甘地先生、泰戈尔先生和波斯先生，也谈到这个问题。印度的民众用日货的还很多。印度是日货的第三个市场，如果印度也能和美国一样，日本的经济便更难维持。所以我请求他们组织一个特别委员会来抵制日货，想不久或可实现的。

抵制日货虽然是减少敌人的经济力量的一种方法，但我们认为单是"抵制"是不够的，我们还要希望各国不卖军火或不卖制造军火的原料给日本（因为日本的军火原料是大部分要靠外国输入的）。

日本从英美输入的军火及制造军火的原料，占他输入

---

① 星洲，指新加坡。

总额的百分之七十五。所以我尝告诉美国人说："日本杀死一百万中国人的时候，就有五十四万四千是美国的东西杀死的。"他们现在已有好几次劳工拒绝搬运卖给日本的军火或原料了，这种运动扩大下去，也是很能给日本一个大的打击。

抗战工作就好像烧开水，只要一把火一把火，不断地烧下去，烧到一百度，它自然沸了起来。只要我们不灰心，努力做，所要求的目的，一定可以实现出来。

以上所说的两点——抵制日货和不卖军火或原料给日本，就是减少敌人的经济力量，这是关于经济战上我所要说的话。

三、政　　治

说到政治，我们看见日军的军纪败坏，以及从敌兵的日记里，处处表现对战争的前途抱悲观，就可以知道他们军队中的政治教育不好，没有持久战斗的认识的。我们是抵抗侵略，为生存而战斗，我们的军队知道这一点，便能够拼命抵抗；但这也不是每个兵士都已明白，所以我们自己军队中的政治教育，还要更加努力地做去。

在汉口失陷后，我们的最高领袖和重要长官，在衡阳开了一个会议，议决几点很重要：（一）政治重于军事；（二）民众重于军队；（三）游击战重于阵地战；（四）后方重于前方。这是转危为安的大方针，以后照这方针做去，一定能得到很好的效果。我们要知道从民主中表现出来的力量，不是封建专制的日本所能克服的！比如延安，它是个小小的地区，民众只有几十万人，它的力量就非日本所能消灭了。政治走上大路，人民只知有国，与军队联成一气，老百姓爱军队，军队爱老百姓，军队与老百姓都如家人父子兄弟姊妹，是必能愈战愈勇。又如现在的广西，我已经看到这种政治的发展了。所以抗战以后所表现的力量也特别强大，它只有一千三百万的人口，便能出兵四十万，全国若能完全这样，便可以出兵一千四百万。有这样多的兵力在前线，即不独武汉可以不失，南京也可以不失，即上海也可以不退。由此可以知道，我们的政治，若能注重民主，那么我们的军事力量，便能提高，增加好几倍，政治一定要使下层能够真正组织完善。广西省现在着手组织乡镇民代表会，继而要成立县参议会，最后要成立省参议会，向着民主化迈进。从人民表现出来的力量才是真正的力量。

此外，我们在政治上还有个"决心"，就是"抗战到底"的决心。蒋先生曾屡次表示得非常恳切、明白、肯定。我在路上遇着很多的将领，他们也都很坚决表示这个"决心"。到处人民更都表示这"决心"。一般"文人"，虽然头脑复杂，不大靠得住，但亦没有什么。在座各位，或许以为重庆的情形很复杂，因为外间的谣言很多。其实不然，所谓妄想和议的"妥协派"数目并不多，计算起来最多怕不上两打——讲得最响的也只有一个罢了，那就是现在正在闹出走的汪精卫。汪精卫每到一次失地的时候，他就放一次和平空气，摇动人心。他反对游击战，用意很巧妙，以为和敌人打仗，是要扎硬阵、打硬仗，打游击就是游来游去。并且说游来游去是剥民众的膏血，游来刮去，游去刮来，好像明末的流寇一样。这样说法，实在是恶意中伤，为敌张目。他所说的话正是敌人所想说的话，他所想的事也正是敌人所希望的事。比如硬打硬拼就是敌人最希望的战略，因为一打就完，完了就投降，就亡国，真是最快最速的痛快事。又比如游击队为明末的流寇，他不知道明末的流寇不是政府组织的，而现在的游击队却是政府组织的军队，敌人常骂之为流寇，但现在竟出于汪精卫的口中，那真是奇怪。游击队不是"游来游去"，而是击来击去，击敌人的后方，击汉奸，击敌人所制造的伪军队及汉奸政府，它为了击来击去，所以配合着运动战、阵地战而发生力量。

现在世界上的官，要算汪精卫顶自由了。他说话不管和政府所定的政策符不符，和最高领袖的表示合不合，只管胡说八道。其实一个政府内的人，不能有两种不同的话，加里宁的话能与斯大林不同吗？戈林的话能与希特勒不同吗？齐亚诺的话能与墨索里尼不同吗？这或许有人说他们是独裁国家。但美国的副总统对外所说的话有一句和罗斯福不同的话吗？有一次加尔耐和罗斯福一同出席某会议，加尔耐以总统在座，他的演词只有一句："我要说的话有总统在，可以不用说了。"又如英国外相艾登与张伯伦的政见不同，他要发表不同的意见，是在他辞掉外相之后。由此可见政治家的风度是应该怎样。天下的官没有一个比汪精卫更自由了。可是做官是不能这样自由的。应当跟着顶大的官走，不能像汪精卫这样自由地今天向中央社，明天向路透社，后天向海通社，随便发表谈话。因为这样便给外人看了,以为中国是有两个领袖两个意见。世界上没有自由的官。汪精卫他如果要自由发表意见,就要先把副总裁、参政会议长的官辞去,做一个平民,或者可以多得一点说话的自由,因为民主国中只有自由的民而没有自由的官。平民有说话的自由,也有选择坐牢的自由。

现在汪精卫走了,但走了也不算什么大事。相反的,我们还觉得政治的形势好转,抗战到底的血是澄清了。这是政治上的进步。

四、国际与外交

斟际形势和我们的外交,事实上也只是属于政治的一部分。在最近国际形势对我们比较有利的,可以见出下列几点:

(一)英美远东政策的趋向合作

英国和美国,本来是有很大的矛盾,在经济商业上有难以调和的矛盾。但自从订立了"英美商约"后,已使这矛盾减少。矛盾减少以后,他们便可更进一步合作。在这一年来,英美是走平行行动,这虽是好的一点,但是还不够的。现在这个问题与中国是在发展着。这些矛盾减少,是证明英美两国对远东的政策,要由平行渐近为更密切的合作的一种表示。

(二)美国对中国态度的积极化

美国对中国的态度是比较好的。《九国公约》是美国提出签名的。他遵守着这《九国公约》,他不满意日本侵华,他在过去不承认伪组织,他们的外交委员长这样讲:"如果中国政府被迫退到山洞里去，假使只留下蒋委员长一个人，我们也承认这个政府是代表中国四万万人的政府。"这告诉敌人是：你不要以为得到了汉口、南京，便可以得人承认。但美洲内部也有矛盾。但为了减少内部矛盾，肃清日、德、意在美洲的侦探和细胞，与一切想侵入美洲的法西斯势力，以便更有力地注意远东，便召集了"泛美会议"① 以巩固后方，这是很有意义的工作。在我们失了广州，失了汉口之后，他还对我们做信用借款。这便是同情的具体表现。

（三）苏联是我们的好朋友

苏联在我们抗战开始时，就是最援助我们的一个，但有人却对他起了怀疑，以为苏联助我是有目的的，是要我们"赤化"，其实这是别有用心、不值一驳的话。须知苏联、英、法都是国联的会员国，国联有会员国个别援助中国的决议案，苏联援我就是执行国际的决议案。我们不要以为其他会员国没有执行决议案或执行不力而对已执行颇力的觉得奇怪，起了怀疑，这是不对的。苏联对我的援助是积极的，他是我们的好朋友。

上面所说的就是国际的一般形势，也是我们外交战得了胜利的效果。但我们谈到国际战，就不能不连带谈一谈我们在国际上所做的宣传战。

宣传是国际外交战的一种手段，是很重要的。自开战以来，我们的宣传一向是得了胜利的，我们的宣传在组织

---

① 泛美会议，即美洲国家组织，又称美洲国家会议。1809年在华盛顿举行第一次美洲国家会议，成立"泛美洲共和国国际联盟"，1901年改称"泛美联盟"。总部设在华盛顿。

上虽然不统一，在精神上却是统一的……

日本的宣传是像个不道德的女子，虽然扮得十分妖丽，到处招摇，但人家却是不理！在我们则理直气壮，到处说老实话，到处受人家欢迎。记得日本指派一个工人头脑名叫铃木①的到美国去，想向美国的工人做宣传工作。给美国的朋友知道了，我们便先告诉了美国两个大组织——A.F.L与C.I.O，告诉他们这个"铃木"来美用意。于是到他来了，便想和码头工人宣传，他说："请你们开一个会，让我同贵国码头工人见见面，说几句话。"美国工人代表问他说："你是代表什么来的？你是代表日本工人呢？还是代表日本政府呢？"他说："当然是代表工人，但也得政府的同意。""那么你对你们政府的侵略政策是否赞成？""不敢反对。""你们不反对，我们却反对。""听说你们抵制日货运动，那么日本工人便要饿死了。""谁使你们饿死？是你们的侵略军阀，驱工人去侵略中国，使工人失业送死。你们只要反对你们政府的侵略就有饭吃。"最后美国码头工人代表给铃木的请求以一个拒绝，而且说："抵制日货是工会的决议，我们只有奉行而不能取消。"这样使这位日本工人头脑自感无颜回国了。日本派到外国的人，四处招摇，人们都嫌他们说谎，不理睬他。可是我们中国人，讲老实话，到处都受人欢迎。所以中国的宣传战失败的很少。在美国有七百六十多人代表中国宣传：内中有中国人，有美

---

① 铃木，即铃木茂郎（1895—1946），日本工会运动活动家、新闻记者，曾任日本劳动总同盟会长、社会民众党中央执行委员，多次出席国际工会会议。第二次世界大战后参加建立社会党。

国人，有高丽人，还有日本人。日本有一个女子，名叫松林春小姐，她是侵略中国的松井①大将的侄女，但是她同情中国。她的话大受美国人欢迎，她说："我爱日本，所以我爱日本的近邻的中国。因为我爱日本，所以我反对侵略中国。我们的军阀害中国，便是害日本。侵略中国，就是日本的自杀。"还有两个高丽人唱双簧：一个代表中国，一个代表日本。代表日本讲话的，把日本军阀盲干到底的话讲出来；其他一个则很清楚地、头头是道地说明中国的抗战。在美国，日本军阀的代表单独讲话是得不到群众。中国人在什么地方都可以说话，什么地方都受人欢迎。在"八一三"以前没有这样的现象。"八一三"以后，他们都很喜欢听中国演讲。他们因中国群起抗战，中国有"国格"了。

他们曾这样说："我们不敢谈论侵略者，而中国则敢抵抗侵略者，这是很值得尊敬的。"他们为了尊敬我们，所以很乐于听我们的演讲，也就是看得起我们的一种表示。

不过，现在世界上还有二个看不起我们的国家，一个是德国，一个是意国。在德国我们是得不到机会去宣传。希特勒在《我的奋斗》一书中还骂我们"中国人是半生半死的人"，更把中国人与黑人比作一起。有一次一个人问他说："黑人受了德国教育也能发明，总该另眼看待吧？"希特勒说："他生下来是黑人，死了进棺材还是黑人，穿了一件德国的外套算得什么？"又有人向他问："日本人呢？"

---

① 松井，即松井石根（1878—1948），日本战犯。曾指挥日军侵犯上海、南京。1945年日本投降后列为甲级战犯。1948年由远东国际军事法庭判处绞刑。

他则说:"日本人是白种人!"在德国报纸上中国打胜仗是受骂的,日本胜了便大大地宣传。所以当他骂我们的时候,就是我们打胜仗。

意大利更多对不起我们的事,我们上墨索里尼的当上够了!从前我们聘请意大利人做顾问训练飞行员,他们说"飞行员""贵精不贵多"。于是录取新生严格,有一次在一百六十几个体育家中,只取了二个。中国训练成的飞行员也就因此不够用了,这都是拜受意大利故弄虚玄的"恩赐"。他们在好题目之下干汉奸活动。墨索里尼卖给我们的飞机,多数是坏的,用起来常常失事,不能战斗。由此可见,墨索里尼是个顶坏的人!最近他还有一件很对不起我们的行为,就是在意轮上搜查我们出国的学生代表团的宣传品,还拘留我们三名代表,这也是令我们不能容忍的事件。

但是现在还有人说什么德意路线!讲什么德意路线,那真不知情势了。我们的孙中山先生曾经说过:"联合世界上以平等待我之民族共同奋斗。"但他并没有教我们联合世界上看不起我们的人来共同奋斗啊!

现在国际上对我有利的形势,正在逐渐展开,英美对我的援助,正在逐渐积极,我们也正在逐渐地走上胜利之路。

以上所述就是我对于全面抗战的报告。以下我们就要谈到"全面教育"了。

所谓全面教育,就是"教育战"。我们的抗战是全面抗战,我们的教育也跟着全面抗战的开展而成为全面教育。

但假使只为教育而教育,也即是为教书而教书,为读书而读书,这是不正当的,我们可以不必讲它。抗战与教育有什么关系呢?教育应该配合抗战,教育在现在就是战时教育。

有一位校长说:"我没有学过战时教育,所以不会办战时教育。"但他又不肯下台让晓得的人来办。于是我便写了一首小诗,发挥我的感慨:"遍地发瘟,妈妈病倒在床。叫他倒口开水,他说功课忙。叫他请医生,他说功课忙。叫他买一服药,他说功课忙。等到妈妈死了,他写讣文忙、写祭文忙,称孤哀子忙。"

这班为教育而教育的人们,在平时是这样,在战时也要来这样,那真是不可思议的!我们不能坐视中华民族的妈妈病死,必定要起来服侍她。全面教育可分作几点讲。

第一,从空间来说:不能只办后方教育,要把教育扩大到敌人的后方,扩大到全中国、全世界去。

第二,从教育的对象说:不只着重青年教育,而且要顾到老年人和小孩子的教育。老太太不是没有用的,你看赵老太太,现在她是游击队的母亲。我曾写了一首诗送她说:"日本出妖怪,中国出老太。老太捉妖怪,妖怪都吓坏。"谅大家必有看过的吧!青年固然有用,小孩子也很有用。我在第五战区时,曾听李宗仁将军告诉我台儿庄一个故事:当台儿庄形势紧张的时候,有一群小孩子组织歌咏队,在村上唱歌,等到听众多了,他们乘机来演讲,宣传救中国必先除汉奸的意义。不料听众中恰有一个姓黄的小孩子,他是给敌人利用来打探我们军情的小汉奸。小汉奸听了这些话马上觉悟悔过,自动起来向大家招认,承认他是个小汉奸,并且发誓从此不再做小汉奸而要做个小战士。大家就要求他用做汉奸的手段去做"反汉奸"的工作,去打探敌人的消息。结局他是如命而行,探出敌人的火药库而带我们的军队去炸毁。小孩唱歌演说的力量,可以把个小汉奸变成一个小战士,这些都是老太太和小孩子所表现的力量和功绩。所以我们在教育不能以老太婆老而不顾及,小孩子小而看不起他,须知当此全面抗战的时候,青年壮丁固然有用,老太和小孩也有他的用处啊!

第三,要顾到随战事的进展而产生的特殊生活。譬如因抗战而有了伤兵,我们就要有伤兵的教育;因抗战而有了难民,我们就要有难民的教育。我们对伤兵要用教育的方法来启发伤兵,使他们后方可以鼓励民气,在前方可以鼓励士气。对难民亦是这样,在难民的收容所中组织工学团,增加难民的生产力量,坚定他们的抗战意识,把逃难的一群变为冲锋的一群。

第四,全面教育还要跟着老百姓跑。百姓跑到东,我们教到东;百姓跑到西,我们教到西;百姓跑到树林,我们教到树林;百姓跑到山洞,我们教到山洞。所谓跟着教,并不是跟着逃走。跟他们做什么?教他们!教育是要跟着老太太、老太公走,跟着青年走,跟着小孩子走。所谓教育不是只教他们识几个字,或印印讲义就算了,帮助人就是教育。全面教育扩大到无论什么地方,是跟着老百姓的教育,那么知识分子就应该开展他们的教育到那儿去。所谓跟"老百姓去"并不是"逃走"!而是跟着他们,走进他们的生活中去教育他,使他改逃跑为冲锋,走回来抗战。

只是逃跑，那是"逃走教育"，不是全面教育。

在后方的云南贵州办教育是要紧的，到山东、河北办教育亦是要紧的，但也不一定在敌人炮火下办教育。若到山东、河北去只是为教育而教育，这又有什么用处呢？

教育不要呆板，要灵活地运用。只要使他们发生一种力量到达前线去，增加抗战的力量，要很快地发生效力，真正发生效力。

第五，教育的行为是服务，而服务的行为也就是教育。譬如在逃难的时候帮助老太婆不使跌倒，帮助小孩子不使踏伤，这都是教育，以身作则地实践教育。

第六，要顾到高深的研究，也要顾到目前需要的实用技术。譬如有人说一个医生，非五年七年不能养成，但现在前线上兵士最普遍的疾病是疟疾与痢疾和因血管破伤流血过多以至于毙命！这种医疟、痢、扎血管止血的医生，那就不需要五年七年了。如果认真学习，几个月便可毕业，到前线去服务救人。我们可用轮流服务、轮流研究的法子来调剂。若硬说一律需要五年七年而后有医生可应世，那是我们所不敢附和的，所以在后方办教育我们并不反对，所谓全面教育并不是一定要硬撑在炮火之下来办教育；在云南、贵州，甚至任何地方办教育都可以。不过教的工作在后方，而教育的力量却要达到前方，达到敌人的后方。教育的目的不是为教育而教育，乃是为抗战而教育。因此，所授的课程和方法，必须变更，以求切于抗战建国之用。

以上六点，一就是我对于全面教育的一些意见。此外，还有一点要请大家格外注意的，就是：全面教育是要真干而不可假干；要穷干而不可浪费地干；要合干而不可分裂地干；是要快干而不可慢慢地干；是大规模干而不可小干的教育。

今天时间很长了，我的话就讲到这里。但我的全面教育还有一段，留待另定一个时间，来和诸位谈"生活教育"时再说。

华南归来[1]

一、跟老百姓走

我在去年十二月间离开桂林，到了龙州。那里的教育界对桂林所提倡的山洞教育感到十分兴奋，但说当地只有两个小小的山洞，怎样实行山洞教育？我当时就想起了五个字告诉他们。哪五个字？即"跟老百姓走"！老百姓往山洞里去，我们就跟他到山洞里去；老百姓往树林里去，我们就跟他到树林里去；老百姓到山上、茶馆里、戏院里，我们就跟他到山上、茶馆里、戏院里去；老百姓疏散，我们也可以跟他们疏散。这样，只要是有老百姓到的地方，都可以进行教育。

到了海防的时候，我想起"跟老百姓走"五个字还不够，老百姓去了不是还该回来么？便又加上"领老百姓来"五个字。在到香港的途中，我又感到"跟老百姓走"的时候，那情景不免多少带一点逃走的意味，实在不是逃走。

---

[1] 本文是陶行知在重庆谈话会上的讲话记录。

但"领老百姓来"时则应该是领导着老百姓英勇地打回来，于是又想到两句，连前面的一同写出，便是：

跟老百姓走，
领老百姓来，
去的时候像逃走，
来的时候是打回来。

这个我称它是跟老百姓走的战时生活教育歌。

二、三位一体的图书馆

我们在香港办了一所中华业余学校，那学校里一百五十多个学生，都是有职业的，他们对抗战都抱有热忱，我在香港时也去讲课。这所学校虽只办了短短的一个多月，学生方面的组织和活动等等，却有了迅速的开展。在充满着苟安享乐空气的香港，它对社会是有影响的。

最近他们为筹款建立公共图书馆，以便进一步为香港九龙民众服务，曾举行了一次戏剧歌咏大会，这次公演经各方面的努力，在香港看起来是获得了空前的成功，共筹得一千元光景。除掉开支，剩余的五百多元就作为公共图书馆的基金，另外由社会人士捐书，最多的可在百卷以上。这个图书馆要办得省钱而有意义，它有一个特点，即图书馆的看书人同时是捐书人和馆主人，它是一个三位一体的东西。出很少的钱，可以看到很多的书，实在是一件乐事。

自然，不出钱的人，也是可以看书的，他只须捐等于一元钱的劳动力。这种办法，在别的地方也值得仿行。

三、后门变成了大门

我从香港回来，本打算取道贵州来重庆，得趁这个机会考察一下贵州省在抗战中的一般情况，特别是教育界最近的动态，但中途车子出了毛病，只得折回昆明，乘飞机来重庆了。

二月九日到昆明，十五日离开。在这短短的数天里，便利用机会投师访友，考察当地社会的情形，曾和云南省政府几位厅长晤谈，他们对生活教育的兴趣颇浓，那里的生活教育今后可望有很好的开展。

抗战后方的云南，本来是中国的后门，现在由于抗战形势的演变，已成为中国的大门。门既然开了，不管怎样地保守，他们的前途得因为客观形势的刺激和推动，一天天地开起来，这是毋庸置疑的。

我对云南的印象，一般说起来，那里各方面都在进步中，但封建的气味还相当浓厚。那里日寇汉奸施行民族间的挑拨离间，这是一个值得注意的问题，迫切需要进一步给以适当的解决。此外有些失败主义者，在那里散布毒素，影响抗战情绪，前些时自健生将军去给了他们一个打击，云南的报界也响应起来，这一击，真是非同小可。

因为云南的门已经开了。外江人和云南人应该互相学习长处，纠正错误，大家都在抗战中进步起来，共同创造着文化，建设新中国。

育才学校创办旨趣

1939 年 7 月 20 日

　　我们在普及教育运动实践中，常常发现老百姓中有许多穷苦孩子有特殊才能，因为没有得到培养的机会而枯萎了。这是一件非常可惜的事情，这是民族的损失，人类的憾事，时时在我的心中，提醒我中国有这样一个缺陷要补足。

　　抗战后，从国外归来，路过长沙汉口时，看到难童中也有一些有特殊才能的小孩，尤其在汉口临时保育院所发现的使人更高兴。那时我正和音乐家任光先生去参观，难童中有一位害癫痫的小朋友，但他是一位有音乐才能的孩子，不但指挥唱歌有他与众不同的能力，而他也很聪敏，任光先生给他的指示，他便随即学会。

　　又有一次，我在重庆临时保育院参观，院长告诉我一件令人愤愤不平的事。他说近来有不少的阔人及教授们来挑选难童去做干儿子，麻子不要，癫痫不要，缺唇不要，不管有无才能，唯有面孔漂亮，身材秀美，才能中选。而且当着孩子的面说，使他们蒙上难堪的侮辱，以致在他们生命中，烙上一个不可磨灭的印象。

　　以上三个印象，在我的脑子里各各独立存在了很久。有一天，忽然这三个意思凝合起来了：几年来普及教育中的遗憾须求得补偿，选干儿子的做法，应变为培养国家民族人才幼苗的育才学校创办旨趣办法，不管他有什么缺憾，只要有特殊才能，我们都应该加以特殊之培养，于是我便发生创办育才学校的动机。当时就做了一个计划，由张仲仁①（一麟）先生领导创立董事会，并且得到赈委会许俊人②（世英）先生之同意而实现，这是去年一月间的事。

　　创办育才的主要意思在于培养人才之幼苗，使得有特殊才能者的幼苗不致枯萎，而且能够发展，就必须给与适当的阳光、空气、水分和养料，并扫除害虫。我们爱护和培养他们正如园丁一样，日夜辛勤地工作着，希望他们一天天地生长繁荣。我们拿爱迪生的幼年来说吧，他小时在学校求学，因为喜欢动手动脚，常常将毒药带到学校里来玩，先生不理解他，觉得厌恶，便以"坏蛋"之罪名，把仅学了三个月的爱迪生赶出学校。然而他的母亲却不以为然，她说她家的蛋没有坏，她便和她的儿子约好，历史地理由她教他，化学药品由自己保管，将各种瓶子做记号，

---

　　① 张仲仁，即张一麟，江苏吴县人。为难童学校董事会董事长、和平期成会发起人之一。
　　② 许俊人，名许世英。当时为国民党政府赈济委员会主任。为了募集育才学校经费，陶行知聘他为育才学校董事。

并且放在地下室里。他欣然地接受了母亲的意见，于是这里那里地找东西，高高兴兴地玩起来。结果，就由化学以至电学，成为世界有名的大发明家。虽然那三个月的学校教育是他一生仅有的形式教育，但是由于他母亲的深切地理解他，终能有此造就。像爱迪生母亲那样了解儿童的精神，是值得我们学习的。假如他的附近有化学家电学家的帮助，设备方面又有使用之便利，则可减少他许多困难。我们这里便想学做爱迪生的母亲，而又想给小朋友这些特殊的便利。

我们这里的教师们，要有爱迪生母亲那样了解儿童及帮助儿童从事特殊的修养，但在这民族解放战争中，单为帮助个人是不够也是不对的，必须要在集体生活中来学习，要为整个民族利益来造就人才。因此，我们要引导学生们团起来做追求真理的小学生；团起来做自觉觉人的小先生；团起来做手脑双挥的小工人；团起来做反抗侵略的小战士。

真的集体生活必须有共同目的，共同认识，共同参加。而这共同目的，共同认识和共同参加，不可由单个的团体孤立地建树起来。否则，又会变成孤立的生活，孤立的教育，而不能充分发挥集体的精神。孟子说："先立乎其大者，则其小者不能夺也。"我们中国现在最大的事是什么？团结整个的中华民族，以打倒日本帝国主义而创造一个自由平等幸福的中华民国。我们的小集体要成了这个大集体的单位才不孤立，才有效力，才有意义。与这个大集体配合起来，然后我们的共同立法，共同遵守，共同实行，才不致成为乌托邦的幻想。

我们的学生要过这样的集体生活，在集体生活中，按照他的特殊才能，给与某种特殊教育，如音乐、戏剧、文学、绘画、社会、自然等。以上均各设组以进行教育，但是小朋友确有聪明，而一时不能发现他的特长，或是各方面都有才能的，我们将要设普通组以教育之。又若进了某一组，中途发现他并不适合那一组，而对另一组更适合，便可以转组。总之，我们要从活生生的可变动的法则来理解这一切。

但是，育才学校有三个不是，须得在此说明：

一、不是培养小专家。有人以为我们要揠苗助长，不顾他的年龄和接受力及其发展的规律，硬要把他养成小专家或小老头子。这种看法是片面的，因为那样的办法也是我们极反对的。我们只是要使他在幼年时期得到营养，让他健全而有效地向前发展。因此，在特殊功课以外，还须给予普通功课，使他获得一般知能，懂得一般做人的道理，同时培养他的特殊才能，根据他的兴趣能力引导他将来能成为专才。

二、不是培养他做人上人。有人误会以为我们要在这里造就一些人出来升官发财，跨在他人之上，这是不对的。我们的孩子们都从老百姓中来，他们还是要回到老百姓中去，以他们所学得的东西贡献给老百姓，为老百姓造福利。他们都是受着国家民族的教养，要以他们学得的东西贡献给整个国家民族，为整个国家民族谋幸福；他们是在世界中呼吸，要以他们学得的东西帮助改造世界，为整个人类谋利益。

三、我们不是丢掉普及教育，而来干这特殊的教育。其实我们不但没有丢掉普及教育，而且正在帮助发展它。现在中国处在伟大的抗战建国中，必须用教育来动员全国民众觉悟起来，在抗战建国纲领之下，担当这重大的工作，所以普及教育，实为今天所急需。是继续不断地要协助政府，研究普及教育之最有效之方法，以提高整个民族的意识及文化水准。育才学校之创立，只是生活教育运动中的一件新发展的工作，它是丰富了普及教育原定的计划，绝不是专为这特殊教育而产生特殊教育，也不是丢掉普及教育而来做特殊教育。

每天四问[①]

1942 年

　　今天是本校三周年纪念，我有一些意见提出来和大家谈谈，作为先生、同学和工友们的参考。

　　本校从去年的二周年纪念到今年的三周年纪念，能在这样艰难困苦中支持了一年，几乎是一个奇迹。这一个奇迹，不是一个人的力量所能够做得出来的，而是全体先生、同学、工友共同坚持，共同进步，共同创造；以及社会关心我们人士的尽力赞助所得来的。

　　本校在这一年中，好像是我们先生、同学、工友二百人坐在一只船上，放在嘉陵江中漂流，大的漏洞危险虽然没有，但是小的漏洞是出了一些，这些小漏洞也可以变成大漏洞，使我们的船沉没下去的。然而我们的船没有因为这些小漏洞沉没，竟因为我们这些同船的人，一见有小漏洞，即想尽方法用力去堵塞，有时用手去堵，有时用脚去

[①] 本文是陶行知在育才学校三周年纪念晚会上发表的演讲。

堵，甚至有时用头用全身的力量去堵，终于把这只船上这些小漏洞堵塞住，而平稳地度过这一年，而达到了目的地。这是一个奇迹，一个共同努力，共同创造的奇迹。

"一切为纪念"，刚才主席说的这一个口号，当然提出的意义是有他的作用的，大家用力对着这一个目的来创造，是很好的。但是我对于这一个口号有点害怕，害怕费钱太多，害怕费力太多，以至筋疲力尽，恐怕得不偿失，所以我主张明年四周年纪念，要改变方针，我们的成绩，要从明天起，即开始筹备，日积月累，"水到渠成"的成绩。不要再在短期内来多费钱和多费力量，只要到了明年7月1日，开始把平日的成绩装潢一下，便有很丰富的成绩，再不像今年和去年这样忙了。大家也可以很从容很清闲而有余裕地过着四周年纪念。

现在我提出四个问题，叫作"每天四问"：

第一问：我的身体有没有进步？

第二问：我的学问有没有进步？

第三问：我的工作有没有进步？

第四问：我的道德有没有进步？

第一问：我的身体有没有进步？

首先，我们每天应该要问的，是"自己的身体有没有进步？有，进步了多少？"为什么要这样问？因为"健康第一"。没有了身体，一切都完了！不禁使我想到了去年二周年纪念前九日邹秉权同学之死！与今年三周年纪念前九日魏国光同学之死！两人之死的日子是恰恰一周年，不过时间上相差八九个钟点罢了。因为这两位同学的死，使我联想到，我们必须继续建立"健康堡垒"。要建立健康堡垒，必须注意几点：一、"科学的观察与诊断"；二、"饮食的调节与改进"；三、"预防疲劳的休息"；四、"用卫生教育代替医生"。……我们要以决心推进卫生教育的效力来代替医生，以保证健康的胜利。以卫生教育代替医生，在两月前，我已有信来学校，提出十几条具体事实来，希望照行，现在想来，还是不够，需要补充。待补充之后提交校务会议商决进行。但是今天在此先提出来告诉大家，希望大家多多准备意见，贡献意见。在建立"科学的健康堡垒"上多尽一分力量，便是在卫生教育施行上多一分力量、卫生教育胜利上多一分保证。大家都成为建立"科学的健康堡垒"的主要的成员之一、健将之一，共同来保证"健康第一"的胜利。

第二问："我的学问有没有进步？"

其次，我们每天应该问的，是"自己的学问有没有进步？有，进步了多少？"为什么要这样问？因为"学问是一切前进的活力的源泉"。学问怎样能够进步？重要在有方法研究。现在我想到有五个字，可以帮助我们学问易于进步。哪五个字呢？

第一个，是"一"字。一是"专一"的一。荀子说："好一则博。"这句话是很有精义的。因为有了一个专一的问题做中心，从事研究，便可旁征博引，自然而然地广博起来了。我看世界名人学者对于治学的解释，尚少如此精辟的，治学必须"专一"，这是天经地义的了。"专一"在英文为 Concentration，我们对于一件事物能够专心一意地研究下去，必然能够有一旦豁然贯通之时。所以我希望有能力研究的先生和同学，必须择定一个题目从事研究，即使是一个很小的问题，也可以研究出很深刻很渊博的大道理来。于人于己都可得到切实的益处，而且可能有大的贡献。

第二个，是"集"字。集是"搜集"的集。集照篆体的写法，好像许多钩钩一样。我们研究学问有了中心题目，便要多多搜集材料，我们便像"集"的篆写一样，用许多钩钩到处去钩，上下古今，左右中外地钩，前前后后，四面八方地钩，钩集到一起来，好细细研究。"集"字在英文为 Collection，我们有了丰富的材料，便可以原原本本地彻头彻尾地来研究它一个明明白白，才能够真正理解这个问题的症结所在；才能够"迎刃而解"，才能够收得"水到渠成"的效力。所以我希望大家对于每一个问题，都必须多多搜集材料，以便精深地精益求精地研究。在研究上发生力量，在研究上加强创造力量，集体创造，共同创造，在创造上建立起我们事业的新生命，树立起我们事业的新生机，稳定我们事业的新基础。

第三个，是"钻"字。钻是钻进去的钻，就是深入的意思，钻是要费很大的力量，才能够钻得进去，深入到里面去，看得清清楚楚，取得了最宝贵的宝贝。做学问虽不能像钻东西那么钻，但是能够用最好的方法，也可以很快钻进去。我在外国，参观一个金矿，他们开采的机器，是运用大气的压力来发生动力的。我见到他们开采的速度，是比现代所称的"电化"的电力，还不知要增加若干倍咧。我们做学问也是一样，如果我们能够在学术气氛中的大气压力下，发生动力去钻，一定能够深入到里面去，探获学问的根源奥妙与诀窍，而必有很好的收获。"钻"字在英文为 Penetration，所以我希望大家对于一个问题拿定了，便要尽力向里面钻研，钻出一大套道理来，使我们学术气氛有着飞跃的进步。

第四个，是"剖"字。剖是"解剖"的剖，就是"分析"的意思。有些材料钻进去还不够，必须解剖出来看它的真伪，是有用的还是有毒素的？以便取舍，清化运用。"剖"字在英文为 Analyzation，所以我希望大家对于每一个问题搜集得来的材料，除了钻进深入之外，必须更加着意做一番解剖的工夫，分析入微，如同在解剖刀下，在显微镜下，看得明明白白，分析得清清楚楚，真的有用的没有毒素的就拿来运用；如果是假的有毒素的就舍去抛掉不用。如此，鉴别材料，慎选材料，自然适宜了。

第五个，是"韧"字。韧是坚韧，即是鲁迅先生所主张的"韧性战斗"的韧。做学问是一种长期的战斗工作，所以必须有韧性战斗的精神，才能够在长期战斗中，战胜许许多多困难，清除种种障碍，开辟出一条新的道路，走入新的境界。"韧"字在英文中尚难找得一个适当的字来翻译，勉强可以译为 Toughness，所以我希望大家在做学问上，要用韧性战斗的精神，历久不衰的，始终不懈地坚持下去，终可达到"柳暗花明又一村"的境界。

我想我们每一个人，能把"一""集""钻""剖""韧"五个字做到了，在做学问上一定有豁然贯通之日，于己于人于社会都有贡献。

第三问:"我的工作有没有进步?"

再次,我们每天要问,是"自己担任的工作有没有进步?有,进步了多少?"为什么要这样问?因为工作的好坏影响我们的生活学习都是很大的。我对于工作也提出几点意见。以供大家参考。

第一点最要紧的,是要"站岗位"。各人所负的责任不同,各人有各人的岗位,各人应该站在各人自己的岗位上,守牢自己的岗位,在本岗位上努力,把本岗位的职务做得好,这是尽责任的第一步。我最近在想,人人应该有"站岗位"的教育。站牢在自己的工作岗位上,教育自己知责任,明责任,负责任——教育着自己进步。

第二点最要紧的,是要"敏捷正确"。人常说,做事要"敏捷",这是对的。但我觉得做事只是做到敏捷还不够,敏捷是敏捷了,因敏捷而做错了怎么办?所以敏捷之下必须加上"正确"二字,工作敏捷而正确才有效力。一件工作在别人做起来需要四小时,你只要二小时或三小时就做好了,而且做得很正确,这才算是工作的效力。工作怎样能够做得敏捷正确呢?这就要靠熟练与精细。粗心大意,是最易弄错弄坏事情的。做事要像做算术的演算题一样,要演算得快演算得正确。

第三点最要紧的,是要"做好为止"。有些人做事,有起头无煞尾,做东丢西,做西丢东,忙得不得了,不是一事无成,就是半途而废。我们做事要按照计划,依限完成,就必须毅力坚持,一直到做好为止。

第四问:"我的道德有没有进步?"

最后，我们每天要问的，是"自己的道德有没有进步？有，进步了多少？"为什么要这样问？因为道德是做人的根本。根本一坏，纵然是你有一些学问和本领，也无甚用处。否则，没有道德的人，学问和本领愈大，就能为非作恶愈大，所以我在不久以前，就提出"人格防"来，要我们大家"建筑人格长城"。建筑人格长城的基础，就是道德。现在分"公德"和"私德"两方面来说。

先说"公德"。一个集体能不能稳固，是否可以兴盛起来？就要看每一个集体的组成分子，能不能顾到公德，卫护公德，来衡量它。如果一个集体的组成分子，人人以公德为前提，注意着每一个行动，则这一个集体，必然是日益稳固、日益兴盛起来。否则，多数人只顾个人私利，不顾集体利益，则这个集体的基础必然动摇，并且一定是要衰败下去！要不然，就只有把这些不顾公德的分子清除出这个集体，这个集体才有转向新生机的希望。所以我们在每一个行动上，都要问一问是否妨碍了公德？是否有助于公德？妨碍公德的，没有做的即打定决心不做，已经开始做的，立刻停止不做。若是有助于公德的，大家齐心全力来助他成功。

再说"私德"。私德不讲究的人，每每就是成为妨碍公德的人，所以一个人私德更是要紧，私德更是公德的根本，私德最重要的是"廉洁"。一切坏心术坏行为，都由不廉洁而起。所以我在讲"建筑人格长城"的时候，提到了杨震的"四知"，甘地的漏夜"还金"，华盛顿的勇敢承认错误和冯焕章先生所讲的平老静"还金镯"的故事，这些，都是我们大家私德上的好榜样。我们每个人都可以效法这些榜样，把自己的私德建立起来，建筑起"人格长城"来。由私德的健全，而扩大公德的效用，来为集体谋利益，则我们的学校必然地到了四周年，是有一种高贵的品德成绩表现出来。

  我今天所讲的"每天四问"，提供大家作为进德修业的参考。如果灵活运用地说到做到，明年今日四周年纪念的时候，必然可以见出每个人身体健康上有着大的进步，学问进修上有着大的进步，工作效能上有着大的进步，道德品格上有着大的进步，显出"水到渠成"的进步，而有着大大的进步。

育才十字诀

1942 年 12 月 4 日

一次在报上看见一首木偶十字诀,把一个木头菩萨描写得惟妙惟肖,可算是民众或通俗文艺的杰作。记得第一个字写的是"一窍不通",的确是精彩得很。当时我就想给育才学校之创学旨趣,披上一件"民族形式"之外套,几经修改,完成了这育才十字诀:

一个大脑。二只壮手。三圈连环。四把锁匙。
五路探讨。六组学习。七(集)体创造。八位顾问。
九九难关。十(誓)必克服。

因为这个十字诀稍微有点新的内容,又因为措辞不够通俗,还需要简单的解释才可以显出里面的精义。

一个大脑 人类的头脑在动物中并不算最大,但他的脑髓与脊髓之比例是超过一切动物。这是思想之物质基础。

三民主义一开始就说:"大凡人类对于一件事,研究当中的道理,最先发生思想,思想贯通以后便起信仰,有了信仰就生出力量。"思想贯通是信仰与力量之泉源;研究又是思想贯通之泉源,都是要顺应这大脑之天然条理进行,才能奏效。

二只壮手 人类自脊梁骨硬了起来,前脚便被解放而成为一双可以自由活动的手。手执行头脑的命令,打猎、捉鱼、务农、做工、战斗而健壮起来,同时是改造着发展着那对他发号施令的头脑,我们要重生原始健壮的双手来向前创造。

三圈连环 这是我们的校徽,圈有三种德行:一是虚心,代表学习;二是不断,代表工作;三是精诚团结,代表最后胜利。第一个圈表示全校一体;第二个圈表示全国一体;第三个圈表示宇宙一体。而且学校、国家、宇宙是互相联系,息息相关,绝不可能把它们彼此孤立起来意识。

四把钥匙 文化钥匙要使学生得到最重要的四把。一是国文;二是一个外国语;三是数学;四是科学方法——治学治事之科学方法。与其把学生当作天津鸭儿填入一些零碎知识,不如给他们几把钥匙,使他们可以自动地去开发文化的金库和宇宙之宝藏。

五路探讨 探讨真理,我们提出五条路:(一)体验;(二)看书;(三)求师;(四)访友;(五)思考。这与《中庸》上所讲的博学、审问、慎思、明辨、笃行可以比起来看。体验相当于笃行;看书、求师、访友相当于博学;思考相当于审问、慎思、明辨。我们的治学次序是依据

"行是知之始"及自动的原则排列，可以说是把传统的道理颠倒过来。

六组学习 育才除普遍功课依照通常进行外，用四分之一的时间让学生各依性之所近学习一门特修课。特修课分为下列六组：（一）文学组；（二）音乐组；（三）戏剧组；（四）绘画组；（五）自然组；（六）社会组。

七（集）体创造 我们希望以集体力量纠正个人主义，以创造的工作来纠正空话与幻想。在共同努力创造学校上来学习，共同努力创造新中国、新世界。

八位顾问 吉辅灵有一首小诗题为"六个裁缝"：即（一）什么事；（二）什么人；（三）什么缘故；（四）什么方法；（五）什么时间；（六）什么地方。我们为着要改造一般书生的笼统的静止的头脑，加了两位：（七）什么数目；（八）什么动向。这八贤是我们治学治事不用报酬的常年顾问。

九九难关 人生是患难与欢乐所织成。追求真理的人以与患难搏斗为乐，唐僧向西天取经，遭遇八十一难，不知者以为他是自寻苦吃，其实他是抱着一个宏愿要完成，看破生死，乐而忘苦。总之，人生与患难有不解之缘。患难给有志者以战斗之情绪与战胜之智慧。

十（誓）必克服 有了战斗之情绪与战胜之智慧，还必须有战斗到底之意志，才能克服大难，以至于成。一个人到了富贵不能淫，贫贱不能移，威武不能屈的境界是永远不会被患难压倒的，那时他成亦成，败亦成，而不是世俗所谓之成败了。